Ferdinand Fränkel

Adelheid die Soldatenbraut

Anatiposi

Ferdinand Fränkel

Adelheid die Soldatenbraut

Unveränderter Nachdruck der Originalausgabe von 1852.

1. Auflage 2023 | ISBN: 978-3-38206-020-6

Anatiposi Verlag ist ein Imprint der Outlook Verlagsgesellschaft mbH.

Verlag: Outlook Verlag GmbH, Zeilweg 44, 60439 Frankfurt, Deutschland
Vertretungsberechtigt: E. Roepke, Zeilweg 44, 60439 Frankfurt, Deutschland
Druck: Books on Demand GmbH, In de Tarpen 42, 22848 Norderstedt, Deutschland

Adelheid die Soldatenbraut

oder:

Die Beterin an der Mariensäule.

Schauspiel in 5 Abtheilungen

von

Ferdinand Fränkel.

(Als Manuscript.)

————————

München.
Gedruckt bei Georg Franz.
1852.

Perfonen:

Erſte Abtheilung: **Der gefundene Schatz.**

Oberſtlieutenant Habermann, Kommandant der Feſtung Kufſtein.
Hauptmann Stürzer.
Oberlieutenant Maier.
Lieutenant Fellner.
Stark, Feilenhauer,
Stadelberger, Schwertfeg. } Bürger Münch.

Clara, deſſen Frau.
Joſeph, beider Sohn.
Adelheid, ihre Magd.
Max, deren Kind.
Ruprecht,
Mathes, } Gebirgsſchützen.

(Die Handlung beginnt in München und endet in Kufſtein im Jahre 1809.)

Zweite Abtheilung: **Das verlorene Kind.**

Martin Fellner, Oberlieutenant.
Adelheid, deſſen Braut.
Max, ihr Kind.
Stark, Feilenhauer.
Stadelberger, Schwertfeger.

Clara, deſſen Frau.
Joſeph, ihr Sohn.
Ein Bürger.
Eine Bürgerin.
Soldaten. Volk.

(Die Handlung ſpielt in München im Jahre 1812.)

Dritte Abtheilung: **Die Rückkehr aus Rußland.**

Stark, Feilenhauer.
Stadelberger, Schwertfeger.
Joſeph, ſein Sohn.

Miran, ein Invalide.
Adelheid.
Bürger. Soldaten.

(Die Handlung ſpielt in München im Jahre 1814.)

Vierte Abtheilung: **Die Liebe im Poſthauſe.**

Fürſt Potofski.
Tobias Grundmann, Poſthalter.
Thereſe, ſeine Frau.
Lenchen, ihre Tochter.

Max, ihr Pflegeſohn.
Adelheid.
Viktore, Kellnerin.
Kellner. Gäſte.

(Ort der Handlung im Poſthaus bei Altötting im Jahre 1827.)

Fünfte Abtheilung: **Das Wiederfinden bei der Kapelle bei Altötting.**

Max Martin, Poſtmeiſter.
Lenchen, ſeine Frau.
Max, ihr Kind.
Die Wirthin zum goldenen Stern.

Franzel, ihre Tochter.
Adelheid.
Ein Fremder.

(Ort der Handlung: Altötting im Jahre 1832.)

In Wien und München auf beiden Vorstadt=Theatern, und
vielen Provinz=Bühnen, oftmals gegeben.

I. Abtheilung.

Erste Scene.

Stadelberger. Stark. Fr. Clara. Joseph u. einige Bürger.

Stadelberger.

Ernst ist die Zeit, und immer schwerer scheint sie für uns Münchener Bürger noch zu werden; doch hoffen wir zu Gott, der stets uns gnädig beigestanden, er wird auch uns von fremder Herrschaft noch befreien.

Stark.

Ja, verzagen wir nicht Nachbarn, war's doch im Jahre 1805 ebenso. Am Abend gingen die fremden Herren noch am Schrannenplatz spaziren, des andern Tages aber stand General Wrede mit seinen Offizieren an der Säule und trank aus einem Becher, den ich ihm selbst gereicht, behaglich auf das Wohl der Münchener Bürger.

Joseph.

Nicht dieses ist's allein, was mich kümmern macht, denn aus sicherer Quelle ist die Nachricht angelangt, daß unser Kronprinz Ludwig gegen München an der Spitze seines Heeres zieht. Bald dürfen wir daher auf Befreiung hoffen. Doch für unsere Brüder, die in den Bergen Tyrols kämpfen, banget mir. Ständen sie Soldaten gegenüber, so wären sie und wir in weniger Gefahr, so aber streiten sie mitten unter Aufruhr und Verrätherei, es kann ein Kind, ein Weib, im Schlafe sie verderben.

Stadelberger.

Da hat mein Sohn leider recht; die beiden Kaiser werden ihre Kräfte messen, und dann Frieden schließen, aber ein empörtes Volk kennt weder Maß noch Ziel.

Stark.

Wann wird der blinde Haß einst vernichtet, der Länder eines deutschen Landes im unglückseligen Kampfe von einander trennt, und unser großes Vaterland durch Kämpfe eigner Brüder nur immer mehr und mehr sich selber schwächt?

Stadelberger.

Wann dies geschieht?! —

Dann wird ein neues Leben für Deutschland beginnen, und unter dem Schutze brüderlicher Eintracht wird es dann groß und mächtig werden.

Joseph.

O, lebten wir schon in jener Zeit, dann dürften wir nicht für die Unsrigen erzittern, weil ihnen im nahen Bruderland als Feinde nur Gefahr sowie Verderben droht.

Frau Clara.

Tröstet Euch! Sie stehen unter Gottes Schutz — dort wie hier.

Stark.

Doch sagt, gute Nachbarin — habt Ihr noch keine Kunde von Eurer Magd, der Adelheid, die hin nach Kufstein zu Ihrem Geliebten, den Lieutenant Fellner zog?

Frau Clara.

Noch keine, sechs Tage sind verflossen, daß sie München verließ, um in Allach ihr Kind, ein munteres Knäblein, zu holen, um dann gegen Kufstein zu eilen. All mein

Reden, hier zu bleiben, sich nicht der gefahrvollen Reise auszusetzen, war fruchtlos; sie übergab mir noch eine kleine Summe Geldes, um alle Tage, in München bei Sankt Peter am Mariahilfaltar für sie und der Ihren Schutz, eine heilige Messe lesen zu lassen.

Stadelberger.

Ja, eine gottesfürchtige Magd ist sie, und ihren Jugendfehler, woraus das Kind entsprossen, hat sie durch Gebet und Reue längst gesühnt!

Frau Clara.

Sie dauert mich, denn immer mehr Hindernisse stellen sich jetzt entgegen, daß sie sich verbinden können. Ihr Geliebter zum Lieutenant avancirt, müßte jetzt eine große Kaution stellen, und beide sind leider arm; darum finde ich's unrecht, daß sie eine so nutzlose Reise unternommen.

Joseph.

Ich kann's ihr nicht verdenken, wenn sie es mit Allgewalt hin nach Kufstein zog. Hat sie doch auch die Kunde vernommen, von dem mörderischen Angriff der Tyroler, und ihrer wüthenden Berennung von Kufstein. Wußte sie doch in den Mauern dieser Festung, ihr Theuerstes, den Geliebten, den Vater ihres Kindes, um dessentwillen sie so manches Schmerzliche ertragen mußte.

Stark.

Ja, so mancher Ehrenmann Bayern's ist bei diesem fürchterlichen Sturme gefallen.

Stadelberger.

Hat sie die Festung erst erreicht, dann ist für sie weniger mehr zu fürchten; aber auf dem Wege dahin, der sie durch jene Gegenden führt, wo die feindlichen Streifzüge alles plündern was ihnen in den Weg kömmt, ist sie in großer Gefahr.

Stark.

Nicht gering ist die Zahl dieser Nachzügler; bis Tölz und Miesbach sind sie vorgedrungen; wohl stellte sich eine Schaar freiwilliger Jäger und Gebirgsschützen ihnen dort entgegen, doch mußten sie gleich bei dem ersten Scharmützel das Leben ihres Anführers, des edlen Grafen Aiko, verlieren; so ist die Trauerkunde heute Morgens in München eingetroffen.

Frau Clara.

Wie viel der edlen Männer noch werden in diesem Kampfe fallen, bis das Vaterland gerettet ist!

Joseph.

O klaget nicht, Mutter! schön ist es für Vaterland zu sterben, die Namen aller, die dafür gefallen, werden glorreich in der Geschichte stehen, und von der Nachwelt rühmend einst genannt. —

Stadelberger.

Ja Freunde! die Treue und die Tapferkeit der Bayern wird ewig leuchtend in der Geschichte bleiben. Uns aber laßet jetzt in die Kirche gehen, um den Allmächtigen um den Segen für die Gegenwart anzuflehen.

(Es läutet zur Kirche.)

Frau Clara.

Soeben läutet es zur eilf Uhr Messe bei St. Peter; kommt, laßt uns eilen, dort wollen wir an den Altar von Maria-Hilf treten, und unser Gebet zum Segen unseres Landes vereinigen.

Zweite Scene.

(Ein düsterer Wald, rechts ein gemauerter Ziehbrunnen, links eine Wallfahrts-säule mit dem Bilde Maria-Hilf.)

Ruprecht und Mathias (treten auf).

Mathias.

Komm hierher, auf diesem Seitenweg scheint's sind wir sicher, die Bayern haben längst die Hauptstraße passirt.

Ruprecht.

Der Teufel soll sie holen. Im offenen Kampfe mag ich sie nicht treffen, die Kerls wehren sich wie die Löwen.

Mathias.

Bist eine Memme! Traust Dich nur von den Bergen aus dem Hinterhalt zu schießen.

Ruprecht.

Hast Du's nicht auch gethan? Gleichviel wie sie fallen, wenn ich sie nur All' vernichten könnte.

Mathias.

Nur eine halbe Stunde Wegs ist mehr nach Kufstein; dahin soll heute noch ein Spion von Rosenheim kommen, so ist uns verrathen worden. Hier laß uns lauern, vielleicht kommen wir ihm auf die Spur, denn Uebles führen sie wie-der hier im Schilde.

Ruprecht.

Sei still! — war mir doch als hört' ich Tritte; — komm laß uns hinter jene Bäume treten, — sind's Bayern, sollen sie unserm scharfen Rohre nicht entgehen.

(Treten auf die Seite.)

Dritte Scene.

(Adelheid kommt, mit Max am Arme, ermüdet an.)

Adelheid.

Hier muß ich ruhen, nicht weiter tragen mich die Füße, die wund mir von dem weiten Wege sind geworden. Hier unter diesem Baume laß uns ein Stündchen ruhen, dann werde ich, auf's Neue erkräftigt, noch mein Ziel erreichen.

Max.

Ich fürchte mich hier, Mutter, da ist's so schauerlich!

Adelheid.

Sei ruhig, mein Kind, der Herr wacht über uns; er hat uns gnädiglich von München bis hierher beschützt, er wird es uns auch ferner noch.

(Sie legen sich unter einen Baum. — Nach einer kleinen Pause, wo die beiden Gebirgsschützen sie belauschten.)

Mathias (leise).

Hast Du gehört? Von München kommt sie, die Spionin, — schieß' zu und triff.

Ruprecht (nachdem er angelegt).

Ist ja ein Weib, — da ist's Schad' um's Pulver; Mit der werden wir so schon fertig, — gib mir Dein Messer, damit ich's in die Brust ihr renne.

Mathias (gibt ihm ein kurzes Jagdmesser).

Hier, doch halt! sie schläft; im Schlafe soll man niemanden morden, — wecke sie, daß sie vorher betet, eh' sie in die Ewigkeit den langen Weg antritt.

Ruprecht (Adelheid aufreißend).

Wach' auf, nichtswürdige Spionin!

Adelheid.

Himmel! Wer ist hier? Zu Hilfe! Räuber!

Mathias.

Du schreist umsonst; — Deine Landsleute sind längst voraus. Mach' keine Umstände, Du mußt sterben; bereite Dich hiezu vor! —

Adelheid.

Sterben? ich? Ihr lügt, — Ihr wollt mich nur erschrecken; gern will ich Euch all' meine Habe geben, hier habt Ihr Geld, nehmt Alles mir, doch verschont mein Leben.

Mathias.

Nichts da, verfluchte Ketzerin! wir wollen Dir Dein saubres Handwerk legen, — Du wirst keinen Verrath mehr an Tyrol begehen; es hilft Dir nichts — Du mußt sterben!

Max.

Thut meiner Mutter nichts, sonst sag' ich es dem Vater, der fürcht't Euch nicht, der hat auch einen Säbel.

Ruprecht.

Halt Deinen Schnabel, vorwitzige Soldatenbrut; wart', daß Dir die Zeit nicht lange wird, wollen wir Dich in den Brunnen werfen!

Adelheid.

Barmherzigkeit! Schont das Leben meines Kindes und nehmt das meine. Denkt, daß die Thränen dieses Kindes Euch in dem Himmel um den Mord zweier Unschuldiger anklagen werden!

Mathias.

Was weiß der Himmel von Euch Ketzer; hinunter mit Euch beiden, — im tiefen Brunnen wollen wir Dir ein-

tränken, was Du von München her auszurichten hast. Pack
an, die Geschichte dauert mir zu lang!

(Wollen ihr das Kind entreißen.)

Adelheid.

Zurück, sag' ich! — Wer will es wagen, das Kind
einer verzweifelten Mutter zu entreißen?

Ruprecht.

Wie? Du wagst Dich noch zu wehren? Laß sehen,
wie weit Deine Kräfte gehen, ohnmächtiger Wurm!

Adelheid.

O heilige Jungfrau! So steh' Du mir bei in meinen
Nöthen!

(Sie klammert sich, mit dem Kinde am Arme, um die Wallfahrtssäule; sie
wollen sie wegreißen; im Kampfe entfällt ihr das Brusttuch, man sieht ein
umgehängtes Amulett mit glänzenden Steinen und dem Marienbilde.)

Mathias.

Halt ein, Ruprecht, sie ist keine Ketzerin, um dieses
hochgeweihten Zeichens willen, sei ihr das Leben nun geschenkt.

Ruprecht.

So mag sie auf das Amulett schwören, daß sie mit
keiner Sylbe uns verrathen will, noch je sich zu Spione=
dienste gebrauchen läßt.

Adelheid.

Ich that es nie; zu dem Vater dieses Kindes wollt
ich gehen, der in der Festung Kufstein liegt. Ich schwör's
bei Gott und der heiligen Jungfrau! Nehmt alles mir, ich
dank Euch noch, habt Ihr mir das höchste Gut, das Leben
doch gelassen.

Mathias.

Pfui! Wir wollen Dich nicht berauben; — nicht Banditen sind wir, wir kämpfen für unser Vaterland. Das glaubten wir von Dir verrathen, darum solltest Du sterben. Nun, da Du uns auf's Amulett geschworen, sei Leben Dir und Freiheit auch geschenkt.

Ruprecht.

Laß Deine Sprüche, es sei genug mit der Geschichte; komm laß uns weiter gehen, vielleicht finden wir doch noch den rechten.

(Beide ab.)

Vierte Scene.

Adelheid und Max.

Max.

Komm Mütterchen, laß uns von diesem schauerlichen Orte gehen, bevor die wilden Männer wiederkehren.

Adelheid.

Ja, mein Kind, Du hast recht, doch bevor wir diesen Ort verlassen, laß uns der heiligen Jungfrau danken, für ihre Gnade, womit sie uns errettet.

(Knieen vor der Säule nieder.)

O heilige Jungfrau!
Sieh uns hier vor Dir im Staube liegen,
Und nimm den Dank zweier Wesen,
Die sich vertrauend an dich schmiegen,
Die Du zu reicher Gnade auserlesen!
Dein gehören wir in Leid und Freud',
Von uns sei'st Du gepriesen in Ewigkeit.

Nun komm, mein Kind und laß uns eilen, daß wir vor Abendschluß die Festung noch erreichen.

Mar.

(Ist während des Gebetes nahe an die Säule gegangen und hat einen Stein
davon abgelöst.)

Sieh nur Mutter, was hier hinter den Steinen so glänzt.

Adelheid.

Ein Kästchen ist es; — In meiner Angst, als ich
mich vorher an die Säule klammerte, hat jener Stein sich
von der morschen Mauer abgelöst, hinter welcher das Käst=
chen verborgen war, das eine Reliquie enthalten wird. Komm,
laß es uns öffnen!

(Adelheid öffnet es und erschreckt.)

Gold, vieles Gold! — Wie kommt dies hierher?

Da liegt ein beschriebenes Blatt dabei, — laß sehen,
was es enthält!

(Liest.)

„Im Jahre 1805 des Herrn, bei dem Aufstand unsers
„Landes, rettete ein treuer Unterthan des Hauses Oester=
„reich und Feind des Unglaubens an dieser Wallfahrts=
„säule sein Vermögen.“

„Ein ächter Thyroler focht er hier — fällt er?! —
„dann Fluch dem Finder dieses Schatzes, wenn er es
„nicht zu christlichen Werken verwendet. Ruhe seiner Asche.“

Soll und darf ich es behalten? — Wer löst mir
diese Frage?

Mar.

Wir wollen es dem Vater bringen.

Adelheid.

Ja, der Vater soll entscheiden, was damit geschehen
soll; — komm laß uns zu dem Vater eilen!

(Beide ab.)

Verwandlung.

Fünfte Scene.

(Ein Saal in der Festung Kufstein, links ein Fenster.)

Oberstlieutenant Habermann, Fellner und einige Offiziere
(treten durch die Mittelthür).

Habermann.

Nochmals, lieber Kamerad, nehmt meine vollste An-
erkennung für Eure edelmüthige That. Ich liebe es an
meinen Kriegern, wenn sich zu ihrer Tapferkeit, auch Edel=
muth gesellt.

Fellner.

Was ich gethan, Herr Commandant, hätte gewiß jeder
meiner Kameraden auch nicht unterlassen.

Hauptmann.

Erzählt doch das Ganze näher, es sind die wenigsten
davon unterrichtet.

Alle.

Ja, erzählt!

Fellner.

Nun, so hört! — Als wir die Festung hier so tapfer
das Letztemal gegen die wüthenden Angriffe und Stürme
unserer Feinde behaupteten, hatte ich meinen Posten mit
den Schützen in dem bedeckten Gange genommen, von wo
aus wir unbemerkt, dem Feinde gegenüber, Feuer auf ihn
gaben. Der erste Sturm war eben abgeschlagen, da drängten
Weiber und Kinder der Umgegend mit Schießbedarf und
Lebensmitteln für ihre Männer sich ganz in unsere Nähe,
indeß die auf der Hälfte des Berges zurückgeworfenen Feinde
von neuem stürmten, eilten auch einige derselben zu dem
Frauenvolke herüber, um ihre Wunden zu verbinden. In
diesem Augenblicke richteten die Unsrigen, wie ich aus der

Blende bemerkte, eine Kanone auf sie herab, und alle
Weiber, wie die unschuldigen Kinder, wären vernichtet worden, hätte ich nicht schnell genug durch's Sprachrohr hin-
untergerufen: die Weiber, die Kinder fort! Einer ihrer
Männer hatte mich da gesehen, und riß schnell zwei Kinder
fort. — Seit dieser Zeit besitze ich einen Freund unter den
Feinden, dessen Dankbarkeit mir und der Festung schon viele
gute Dienste geleistet hat.

Mehrere Offiziere.

Wieso?

Fellner.

Als nämlich die Aufständischen schon lange abgezogen
waren, sah ich so manchen Tag einen Mann neben jener
Mauer schleichen, der nach ihren versteckten Fenstern zu spähen
schien. Ich stieg hinab und öffnete die Blende; da stürzte
er auf mich zu, gab sich als einen Bürger des Städtchens
zu erkennen, und überhäufte mich mit Worten der Dankbarkeit. Sein Weib und seine Kinder waren unter den
Geretteten gewesen. Er versprach mir feierlich, mich vor
jeder Gefahr zu warnen, in welche wir oder die Festung
durch Ueberrumplung oder Verrätherei gerathen könnten.
Gestern Nachts kam er mit einem Wagen, der mit Wildpret,
Wein und Arzneien beladen, an das Pförtchen. Heute habe
ich alles unserm Commandanten übergeben; bei dieser Ge-
legenheit mußte ich ihm erzählen, was ich jetzt vor Euch
wiederholte.

Hauptmann.

Brav gehandelt, wackerer Kamerad, gebt mir die Hand!

Habermann.

Die Arzneien haben den Kranken unserer Festung vor-
trefflichen Dienst geleistet; das Wildpret und der Wein aber

soll uns heut Abend köstlich munden, und bei einem guten Glase wollen wir die Gesundheit unseres wackeren Lieutenants Fellner trinken. Noch habe ich einiges zu thun; in einer Stunde sehen wir uns im Speisesaal wieder.

(Ab.)

Hauptmann.

Wir wollen jedoch gleich dahin und bei einem Spiele uns die Zeit verkürzen. Ihr seid doch auch bei der Parthie, Fellner?

Fellner.

Nein, ich danke; ich habe keinen Gefallen an dem Spiel.

Lieutenant.

Wir wissen es, — schwärmst lieber allein.

Hauptmann.

Laßt jedem seine Freude; — vielleicht drückt ihn ein Kummer; können wir Euch helfen, Kamerad, so vertraut auf uns! Steht's in uns'rer Macht, so wird gewiß Euch Hülfe.

Fellner.

Dank Kameraden! bin dessen überzeugt; — doch Ihr könnt es nicht, mich drückt die Sorge um ein treues Mädchen, das mir ein liebes Kind geschenkt.

Hauptmann.

Tröstet Euch! auch wir haben Frau und Kinder verlassen müssen.

Fellner.

Ja, wäre sie meine Frau, so würde ich ruhiger sein. So aber seh' ich keine Aussicht, sie zu ehelichen, — wir sind beide arm, — die Kaution zu groß.

Hauptmann.

Ist Friede erst geworden, dann wendet Euch an die
Gnade unseres Fürsten; der hilft Euch gewiß, wie vielen er
geholfen. Nun aber kommt zum Spiele!

Fellner.

Bald folg' ich nach, — laßt mich einige Augenblicke
noch allein.   (Offizier ab.)

Sechste Scene.

Fellner (allein.)

Endlich allein! treibt es dich so sehr mein Herz, deinem
Kummer nachzuhängen, im lauten Gewühl des kriegerischen
Treibens vergäßest Du doch leichter Deinen Schmerz. Und
doch nenn' freudig ich die Zeit willkommen, wo in der Ein=
samkeit ich in Erinnerung froh verlebter Stunden schwelgen
kann, Erinnerung, du bist uns eine treue Gefährtin, — im
Glück und Unglück ewig treu!

(Geht zum Fenster, — man sieht die Abendröthe.)

Erinnerung! ja dir will ich vertrauen
Wenn's Abendroth der Berge Gipfel säumt,
Du zeigst mir dann die blüthenreichen Auen
Wo einst auch ich in Jugendlust geträumt!
Wo Liebe durfte sich so schön entfalten
Träumend von der Ehe Glücks=Gestalten,
Bevor hinaus ich in den Krieg gezogen,
Wo ernstere Bilder mich seitdem umwogen.

Wie sehn' ich mich nach jenen schönen Stunden,
Die nur zu bald, zu flüchtig mir entfloh'n,
Der Liebe Glück bei Adelheid empfunden,
An Vaterfreude fand den schönsten Lohn.
Kein scharfer Dorn gab bitt'rer Täuschung Wunden,
Geliebt sah ich von Mutter mich und Sohn,

Da rief es mich in's kriegerische Leben
Und alle Träume mußten schnell entschweben.

Nun wage selbst, was kühner Muth ersonnen,
Die fremde Welt mit eig'nem Aug' zu sehen,
Nicht leichten Kaufs wird hier das Glück gewonnen,
Du mußt den Kampf mit Sturm und Noth bestehen
Und was du hältst — wie bald ist es zerronnen,
Gar Manchen sah im Kampf ich untergehen.
Ehrgeiz — Ruhm — alles ist nur eitles Hoffen —
Es fällt — hat e i n e Kugel nur getroffen.

Doch fürcht ich nicht das Wechselspiel des Lebens,
Was in mir lebt, es bleibt ja ewig mein.
Wer muthig kämpft, der kämpfte nicht vergebens,
Des Sieges Kranz wird ihm am Ziele sein.
Das ist der Lohn des treu erprobten Strebens,
Für's Vaterland die Herzen einzuweih'n,
Was sie entflammt, geht nimmermehr verloren,
Fest bleibt der Bund, dem Treue sie geschworen.

Siebente Scene.

(Adelheid mit Max ist bei der letzten Strophe eingetreten und bleibt stille stehen.)

Adelheid.

Martin!

Fellner.

Adelheid! täuscht mich mein Auge nicht, Du hier!

(Fällt ihr um den Hals und liebkost sein Kind.)

Ist's Wahrheit, — ist's kein Traum —
Ich drücke Dich — mein Kind — an meine Brust!

Adelheid.

Wahr ist's, und all' der Trennung Schmerzen
Verwandeln sich in Freud' und Lust.

Fellner.

So haſt Du wohl ſo manchen Kummer, ſeit ich von Dir getrennt, ertragen?

Adelheid.

O laß uns nicht der Freude Wiederſehen mit trüber Erinnerung verbittern. — Ich bin bei Dir — ich ſchmiege mich hier an Dein treues Herz; o dürft' ich ewig ſo bei Dir weilen, ſo wäre der Seele künſtes Hoffen mir erfüllt.

Fellner.

Es wird erfüllt! Denn naht des Krieges Ende, ſo trete ich hin vor des Thrones Stufen, auf dem ein güt'ger Fürſt regiert, der gern die Bitten ſeines Volks erhört. Er wird auch mich, ſeinen Krieger, der freudig ſein Leben für das Vaterland gewagt, in ſeinen Wünſchen unterſtützen.

Adelheid.

Iſt Friede erſt, dann wär' uns ſchnell geholfen, denn wir ſind nicht mehr arm; ja ſtaune nur — hier in dieſem Käſtchen iſt reicher Schatz für uns verwahrt.

Fellner.

Ich ſtaune wohl und kann es nicht enträthſeln.

Adelheid.

Vor wenig Stunden noch, als von der Feſtung ich entfernt, kam ich ermüdet durch den Wald; an einem Baum legt' ich mit Max erſchöpft mich nieder. Kaum mochten wir einige Minuten ruhen, als wir von zwei wilden Gebirgs= ſchützen aus unſerem Schlafe aufgeriſſen wurden; ſie glaubten, ich ſpionire, und wollten mich mit meinem Kinde in die Tiefen eines Brunnens werfen. In meiner Verzweiflung klammerte ich mich an eine Marterſäule, die mit dem Bildniß Mariahilf geziert, — und durch ihren heiligen Schutz war

ich gerettet. — Durch den Anblick eines Amulettes, worauf
die Heilige ist, das, wie Du weißt, ich immer bei mir trage,
gerührt, ließen sie uns frei, und verließen uns, nachdem ich
ihnen geschworen, daß ich nie mich zum Spiondienst gebrauchen
ließ. — Wir verrichteten noch unser Dankgebet bei der
Säule, da sah Max, daß hinter einem Steine, der sich losgelöst,
dieses Kästchen verborgen war. — Doch entscheide
Du, ob wir es behalten dürfen, denn es enthält eine Schrift,
nach dessen Inhalt es einer Kirche zu vermachen sei.

Fellner,
(nachdem er das Blatt gelesen.)

Der Eigenthümer dieses Schatzes verlangte nur, daß
damit christliche Werke geschehen sollen. Es ist wohl die
erste Pflicht von uns, um dieses zu erfüllen, daß wir durch
Priesters Segen uns verbinden und für eine gute Erziehung
unseres Kindes sorgen. An wahrhaft Arme Gutes üben,
seinen Nebenmenschen in jeder Noth beizustehen, dazu ist uns
durch diesen Schatz das Mittel gegeben. — Erfüllen wir
dieses, so verwenden wir es am beßten.

Adelheid.

Doch, wenn man es erfährt, verfallen wir keiner Strafe?

Fellner.

Du hast das Geld nicht in Bayern, sondern in einem
Lande gefunden, das in vollem Aufstand gegen uns begriffen,
somit fällt jede Ausschreibung weg, doch nimm es zur Vorsicht
versteckt nach München, kehre ich auch zurück, so wird
uns nichts mehr im Wege stehen, unsre höchsten Wünsche
erfüllt zu sehen.

Adelheid.

O, daß die Zeit bald kommen möge!

Fellner.

Unterdessen tritt aus dem Dienst und ordne Alles, was zu unserm künftigen häuslichen Leben gehört, und in Erfüllung Deiner Mutterpflichten wirst auch leichter Du die Trennung von mir ertragen.

Adelheid.

Du bist so klug als gut; durch Deine Worte fühl' ich mich auf's neu' mit Hoffnungen belebt, die mir eine schöne Zeit von Glück und Frieden träumen lassen.

Fellner.

Möge sie uns nie verlassen. Hoffnung ist der schöne Stern, der dem Menschen auf seinem dunkeln Lebenspfade hell und leuchtend zum sichern Rettungshafen winkt, — auf ihn laß uns vertrauen! —

Du Rettungsengel! Süßes Hoffen!
Dir stehen Erd' und Himmel offen!
Du lächelst uns durch Thränen an.

Adelheid.

O möcht'st Du nimmer uns verlassen,
Möcht'st ewig tröstend uns umfassen,
Auf unf'rer langen Lebensbahn.

(Indem sich Beide über dem Kinde umfangen, fällt der Vorhang.)

II. Abtheilung.
(Ein bürgerliches freundliches Zimmer.)

Erste Scene.
Adelheid und Max,
(welche an einem Tische mit Lernen beschäftigt sitzen.)

Adelheid.

So lieber Max, nun, weil Du gut gelernt, so sollst

Du Dich auch erfreuen, — spring in den Garten und spiele dort nach Deiner Lust.

Max.

Nein Mütterchen, ich spiele nicht, doch auf die Mauer will ich klettern und warten, bis der Vater kömmt, dann lauf ich freudig ihm entgegen.

Adelheid.

Thu es mein Kind! und kehre bald mit dem Vater wieder.

(Max ab.)

Adelheid.

Ja gehe hin, und bringe mir den Vater,
Auf daß er nimmer von mir scheiden möge.
Daß er dieß klopfend Herz beruhige,
Das ewig scheint zum Schmerz bestimmt.
Pfui Adelheid! so nah am Ziele
Und immer noch am Glück zu zweifeln?
Sieh'st du dich nicht von Allem dem umgeben,
Was längst dein Herz ersehnt, gewünscht?
Des Hauses stille, freundliche Räume,
Sie sind mit allem Nützlichen gefüllt,
Und eh' der dritte Mond entschwindet,
Ist Dir dein eigner Herd gegründet.

Nein! — sei nicht undankbar; es hat der Himmel aus jeglicher Gefahr Martin erretten. Drei Jahre sind im Strom der Zeiten schnell entschwunden, wo auf der Festung Kufstein wir geweilt, und, was ich dort nur scheu zu hoffen wagte, ihn — den Geliebten — so nah bei mir zu sehen, es ist erfüllt, seit sechs Monden, wo er von dort freudig wiederkehrte, und eifrig jetzt den Akt betreibet, der mir den höchsten Wunsch erfüllt, —

Daß vor der Welt ich werd' sein Weib genannt,
Den ich als Mann, als Vater längst erkannt!

Dennoch klopft dieß Herz mit bangen Schlägen
Und zeigt die Zukunft düster mir,
Soll denn der Kahn des Glücks, so nah am Ziele,
Aufs neue in den Sturm geschleudert seyn?!
Soll denn dieß Herz, — geübt in Schmerzen,
Sich nimmer eines Glückes freuen! —
O eile Martin auf der Liebe Flügel
Zu mir, zu Deiner treuen Adelheid!
Befreie mich von ahnungstrüben Bildern,
Und heiter laß die Gegenwart mich schauen.
Horch, — er naht, er ist's, ich kenne seine Schritte,
Die Liebe hat erhört der Liebe stille Bitte.

(Sie geht Martin entgegen.)

Zweite Scene.
Fellner. Adelheid. Max.

Max.

Sieh Mütterchen, hier bring ich Dir den Vater!

Fellner.

Der an sein Herz voll Kummer Dich nun drückt, um
dann auf's neu auf lang von Dir zu scheiden.

Adelheid.

Was sprichst Du? — Scheiden? Heilige Jungfrau,
meine Ahnung!

Fellner.

Fasse Dich, Adelheid! und höre ruhig mir zu. — Schon
lange hat Napoleon sich mit dem Kaiser von Rußland wieder
ernstlich auszugleichen gesucht, aber alle Vorschläge und Un-
terhandlungen scheiterten an dem Wiederspruch dieser unge=

heuern Macht, welche nun öffentlich mit dem größten Feinde Frankreichs — England — sich verbunden. Dieser Schritt machte es unvermeidlich, daß nicht auf's neue eine Kriegs= erklärung erfolgte. Wir Bayern, Alliirte des französischen Kaisers, müssen auch mit in das ferne Rußland und dem Gewaltigen den Sieg erkämpfen helfen. Doch fasse Muth, der Gott, der mich so gnädig bisher beschützte, er wird es auch bei diesem Kampfe.

Adelheid.

Was Du mir hier verkündet — ich weiß es seit heute Nacht. Zwar wollte ich nicht an Träume glauben, doch bitter sehe ich mich jetzt von der Wahrheit überzeugt. Höre! Mir träumte, als gingen wir mit Max auf einem hohen Damme, der zu beiden Seiten mit rauschenden Gewässern eingeschlossen war. Es wurde dunkel und immer dunkler. Plötzlich ward es mir, als hätten Euch die finstern Wellen in ihre Tiefen hinabgezogen, denn ich konnte Eure Stimmen nicht mehr hören. In der Angst meines Herzens rief ich die heilige Jungfrau an; sie erschien im schönen blauen Ge= wande, den holden Jesusknaben an der Hand, und sprach: Deine Leiden habe ich ins Grab gesenkt und mit Erde aus dem heiligen Lande zugedeckt! Diese Sonnenblume ist aus jenem Boden. Nimm sie, und warte ihrer fleißig, dann wirst Du die Freunde Deines Lebens wiedersehen.

So sprach sie mit tröstender Freundlichkeit, und ich eilte durch den Lichtstreifen fort an einen einsamen Ort und setzte mich auf einen Hügel, der wie ein Grab schien, und pflegte die Blumen.

Lange muß ich dort gesessen haben, denn die göttliche Mutter lobte mich meines ausdauernden Fleißes wegen — sie nahm die Blume aus meiner Hand und steckte sie in ihren Gürtel; mir aber reichte sie dagegen einen Bündel von rei=

fen Waizenähren und sprach zum Abschied: Die sind nicht
für Dich, sondern für die Deinen auf der Erbe, bald wirst
Du sie sehen! Und wirklich kamst Du und mein Mar,
doch war't Ihr beide viel älter, als ich Euch bisher gekannt.
Ich freute mich dessen so lebhaft, daß ich mit einem Schrei
erwachte. — Nun sprich Du, Martin, was hältst Du von
diesem Traume?

Fellner.

Ich halte alle Träume für verworrene Abspiegelungen
eines aufgeregten Gemüthes. Aus Deinem Traume geht deut=
lich hervor, daß Du in großer Angst und Sorgen um mich,
und Dein Gemüth im Vorgefühl großer Leiden vor unserer
Trennung zitterte.

Adelheid.

Und muß ich's nicht! So nah am Ziele unseres
Glücks, seh' ich es auf's neue unserm Glück entrückt!

Fellner.

Längst ahnte ich diesen Feldzug, doch ich wollte Dir
vor der Zeit die wenig frohen Tage meiner Wiederkehr nicht
verbittern, doch so nah dachte ich mir den Ausmarsch nicht.
Unser Bataillon muß als Vorhut heute noch marschiren.
Vergib Adelheid! ich glaubte den Zeitpunkt nicht so nah,
sonst hätte ich Dich auf den Abschied vorbereitet.

Adelheid.

Freund! Die Wege Gottes sind die besten. Er schickt
Verderben über Nacht, aber mit der Schnelligkeit des Blitzes
kommt auch seine Hülfe. Er hat unsere Herzen in Liebe
zusammengeführt und uns durch das Dasein dieses Kindes
das Zeichen unseres ewigen Bundes aufgedrückt! Und wenn
je ein wahrhaftes Gebet aus aller Kraft des Herzens Wir-
kung that, so haben mich die Heiligen als Opfer für Euch

angenommen. Darum geh getrost in die Gefahren des fer=
nen Krieges, Du wirst nicht fallen, — dieß ruft mir eine
innere Stimme zu.

Fellner.

Ja, ich werde mit Ehren wiederkehren, und mit Dir
glücklich sein. Nur wahre mir Dein Herz vor Schwärmerei
und Trübsinn und schenk es ungetheilt jetzt unserm Kinde!
Hüte es mir wie Deinen Augapfel und bete für mich, wenn
ich fern von Dir.

Und so laßt Euch jetzt hier, — in diesen Mauern,
die stille Zeugen froh verlebter Stunden waren, an mein
Herz zum Abschied drücken.

Max.

Vater! Du willst schon wieder von uns gehen und läßt
mich mit der Mutter ganz allein.

Fellner.

Der Himmel wird Euch schützen! Du aber Max, Du
folge Deiner Mutter, Du bist jetzt ihre einzige Freude.

Max.

Ja Vater, das will ich, und wenn ich einmal recht
groß und stark bin, dann will ich statt Deiner in den Krieg,
Du kannst dann bei der Mutter zu Hause sitzen bleiben.

Fellner.

Recht mein Sohn! Doch kommt jetzt, geleitet mich
zur Stadt. Bei Deinem früheren Dienstherrn, dem braven
Bürger Stadelberger, wird ein Abschiedsfest gefeiert, denn
seinen Sohn Joseph hat auch das Loos zum Dienst getroffen.
Er dient in meiner Kompagnie. Erlaubt es mir die Zeit,
so komme ich dahin; wo nicht, so sehen wir uns bei der
Muttergottessäule, dort wartet mein.

Adelheid.

Bei ihrem Bilde laß uns scheiden,
Sie aber schütze uns, unser Leben lang.
(Alle ab.)

Verwandlung.
(Der Schrannenplatz in München.)

Dritte Scene.

Stadelberger. Stark. Frau Clara. Bürger und Bürgerinnen. Joseph als Soldat. Soldaten.

Stadelberger.

Hier mein Sohn, haben sich noch viele unserer Nachbarn versammelt, um euch nochmals zu sehen, und dann
Abschied von euch zu nehmen.

Stark.

Ja lieber Joseph, viele unserer Söhne hat das Loos
getroffen, als Bayerns Krieger fort nach Rußland zu ziehen,
— wir sagen dir hier Lebewohl, bleibe unsern Söhnen stets
ein treuer Kamerad.

Joseph.

Das werde ich ihnen seyn und bleiben im Leben und
bis zum Tode; — wir werden treu zusammenhalten, und
unter unsern Fahnen kämpfen, wie es bayerischen Kriegern
geziemt. Hat man doch höhern Orts selbst unsere Bitte
erfüllt, und uns Münchner-Bürgersöhne in eine Com-
pagnie eingereiht, in welcher der brave Oberlieutenant Fellner
ist; ihm werden wir folgen, — er soll uns stets ein Vor-
bild seyn.

Frau Clara.

O mein lieber Sohn, mit großer Fassung hab' ich es
ertragen, als dich das Loos getroffen. Doch jetzt, wo die
Stunde des Abschiedes schlägt; bricht mir das Mutterherz!

Joseph.

O klagt nicht, Mutter! Wir stehen in dem Schutz des Herrn! Und fallen wir, so sind wir für das Vaterland gefallen. — Kein schönrer, als der Heldentod. — Ich habe von Kind auf in der Werkstätte meines Vaters mit Waffen mich geübt, — ich habe als Geselle gar viele selbst geschmiedet. — Es rief mich das Vaterland, und freudig trat ich in die Reihen seiner Krieger. Nun will ich auch die Waffe für Bayerns Ruhm und Ehre führen.

Stadelberger.

So recht, — so dacht ich mir meinen Joseph!
(Man hört ein Schützensignal.)

Hört ihr, — schon ruft euch das Signal, — laßt uns jetzt Abschied nehmen. Seid ihr in Reih und Glied eingetheilt, und marschirt ihr ab, so folgen wir euch bis an den Burgfrieden.

Joseph.

Vater! Mutter! euren Segen! Lebt alle wohl!

Stadelberger.

Laßt uns noch den Segen des Allmächtigen erflehen!
(Sie knieen sich Alle in einen Kreis.)

Stadelberger.

(In der Mitte.)

O möchte Gott der Bayern Fahnen schützen!
Die makellos geführt zu jeder Zeit.
O möchte Gott mit Kraft sie unterstützen!
Auf daß, von jedem Feinde, wir befreit;
O möchte Er sie alle treu beschützen,
Die hier dem Kampf ihr Leben treu geweiht
Für Gott und Vaterland laß ziehen sie mit deinem Segen,
Mit treuer Brust dem Kampfe kühn entgegen.

Alle.

(Nachdem sie aufgestanden, im Abgehen.)

Für Gott und Vaterland, zieh'n wir mit seinem Segen,
Mit treuer Brust dem Kampfe kühn entgegen.

(Alle ab.)

Vierte Scene.

Martin Fellner. Adelheid mit Max.

Nicht länger ist es mir vergönnt, bei Dir zu weilen,
— es ruft die Pflicht — so laß uns scheiden.

Adelheid.

So ist es Ernst; sobald schon soll ich Dich verlieren,
und muß mit meinem Schmerz zurück hier bleiben, im bangen
Zweifel, ob ich je Dich wiedersehe. O laß mich, bis an's
Thor Dich noch geleiten!

Fellner.

Nein, bleibe liebe Adelheid, — befolge meinen Wunsch.
Nicht vor der Menge trage deinen Schmerz zur Schau, wie
leicht auch könnt' ein Unglück im Gedränge, Dir oder un=
serm Max begegnen. Bleibe hier zurück.

Adelheid.

O jetzt erst fühl' ich es, daß ich mich selbst belogen,
indem ich stark genug mich wähnte, um den Abschied ruhig
zu ertragen.

Fellner.

Du wirst es, wenn Du auf Gott vertraust! Ungerecht
wäre es, sich allzu großen Schmerzes hinzugeben, d'rum schone
dein, bewahre mir dein theures Leben für unser Kind, —
für seinen Vater.

Adelheid.

Ich will's, und bei der heiligen Jungfrau, die auf
jener Säule thront, gelobe ich, nur für mein Kind zu leben
und mit ihm, bei ihr stets für dein Wohl zu beten. Laß
uns bei ihr auch Abschied nehmen.

(Umarmen sich lange, ein Trommelwirbel schreckt sie auf; er will gehen, —
kehrt schnell zurück, segnet sein Kind und küßt beide. Dann stürzt er schnell
ab. Sie aber kniet mit dem Knaben bei der Säule und betet. — Man hört
einen Schützenmarsch, der immer mehr und mehr verklingt.)

Adelheid.

(Nachdem sie aufgestanden, in die Coulisse blickend, wo Fellner abgegangen.)

Da zieh'n sie hin, — all die Söhne unserer Gauen,
In Jugendfülle bei frohem Hörnerklang,
Doch wann wird sie unser Auge wieder schauen?
Was macht die Antwort mir das Herz so bang?
Von All' den Tausenden, die uns jetzt verlassen,
Wie viele kehren zurück, wohl nimmermehr!
Und wenn auch Martin sollte dieses Loos erfaßen!
Ihn! warum erfaßt die Ahnung mich so schwer!
Dann hätt' ich ihn zum letztenmale jetzt geseh'n,
Zum letztenmal? Nein, nein, das darf nicht sehn.
Gegen sein Verbot begeh' ich das Vergehen,
Will einmal noch mich seines Anblicks freu'n.

(Zu Mar.)

Setz' Dich an den Stufen jener Säulen nieder
Mein Kind! Der heiligen Jungfrau will ich Dich vertrauen,
Die Mutter eilet, bald kehrt sie zu Dir wieder,
Nur einmal noch will sie den Vater schauen.

(Stürzt schnell ab.)

Mar.

Mütterchen, so warte nur ein wenig; laß mich auch
zum Vater. — Da läuft sie hin und läßt mich ganz allein,

allein hier auf dem großen Platze. Ich möchte auch zu
meinem Vater; — es ist wohl weit, der Weg wohl lang;
doch schau, fährt hier nicht ein Wagen, — der macht gewiß denselben Weg. — Auf ihn will ich mich setzen.

Und komm' ich dann sobald beim Vater an,
Hat Mütterchen gewiß ihr' Freud' daran.

(Springt auf einen Wagen, der halb zur Coulisse heraussieht, — der Wagen
fährt fort — man hört ein Posthorn.)

Fünfte Scene.
Adelheid.   Dann Bürger und Volk.

Adelheid.

Ach Gott! hier bin ich, kaum vermochten meine Füße
mich zurück zu tragen, so sehr schmerzt mich die Wunde,
die mir im dichten Volksgedränge durch jenes Rad der Kanone wurde, das mir so schmerzlich über'n Fuß gerollt; —
hier will ich bei meinem Kinde bleiben, bis sich jemand
findet, der mich zu Hause führt. — Doch, wo ist Max? —
Wo ist mein Kind? Ich sehe ihn nicht, wo ist er hin —
Max, höre mich — es ruft die Mutter — Max, hörst du
nicht — o komm zurück!

(Sich überall umsehend.)

Ich seh' ihn nicht, wohin ich auch blicke, — hilf, heiliger Gott, laß finden mich mein Kind! Laß doppelt mich
das Unglück nicht ertragen, an einem Tage den Sohn und
Vater zu verlieren. Laß so groß die Sünd' mich nimmer
büßen, wenn ich gefehlt, den Geliebten nochmals zu schauen. —
Hier nahen Leute, gewiß sie bringen ihn!

(Bürger, Bürgerinnen und Volk tritt auf.)

Hört, liebe Leute, habt einen Knaben ihr gesehen?

Bürger.

Wie, ihr kennt das unglückliche Kind!

Adelheid.

Was ist es, sprecht, — was ist dem Kind geschehen?

Bürger.

Es war vor wenig Augenblicken, als dort in der Dieners=
gasse unter'm Bogen beim Larosee ein schöner schwarzlockigter
Knabe, der über die Straße laufen wollte, unter einem Wa=
gen kam. Nicht möglich ward es uns, ihn mehr heraus=
zureißen, und so erdrückte die Last des Wagens seine schwache
Brust, schnell hat er ausgelitten und geendet.

Adelheid.

Ah! Jesus Maria!

(Stürzt zu Boden.)

Bürgerin.

Was habt Ihr gethan! Das wird die Mutter sein.

Bürger.

Ich kannt' sie nicht, die Unglückliche.

Bürgerin,

(welche sich mit Adelheid beschäftigt.)

Kommt zu Euch Frau! Erholt Euch, — Ihr könnt
Euch auch täuschen, — vielleicht ist's doch nicht Euer Kind.

Adelheid.

(Erwacht, blickt starr um sich.)

Todt sagt ihr, todt ist mein Kind!
Und ich, ich Unglückselige, bin Schuld an seinem Tode.
Voll blinder Liebe eilt ich fort, und ließ ihn hier allein.
Ueber den Geliebten vergaß die Mutter auf ihr eigen Kind!
Darüber strafte sie der Himmel. Doch warum hatte mich
Das Rad nur verwundet, warum nicht gleich ihm ganz zermalmt?
Doch nein, es kann — es darf nicht sein!
Hab' ich's nicht ihr, der heil'gen Jungfrau anvertraut?

Von ihr fordere ich zurück mein liebes Kind!
Du mußt mein Kind mir wiedergeben, Du mußt, —
Du hast es selbst erfahren, welch' Schmerz es ist, den
Sohn zu verlieren; Du kannst es, — Du bist mächtig. —
Und kannst Du mir mein Kind nicht wieder geben,
Dann bist Du nur ein schwaches Weib. — — —

(Lacht im Wahnsinn, dann stürzt sie zu Boden.)

Bürgerin.

Helft! helft! Sie wird wahnsinnig.

(Unter entsprechender Musik fällt der Vorhang. Die Musik der zweiten und dritten Abtheilung wäre passend, wenn die Schlachtmusik aus „Mönch und Soldat" dazu genommen würde.)

III. Abtheilung.
(Der Schrannenplatz in München.)

Erste Scene.
Stadelberger. Stark. Bürger.

Stadelberger.

Beeilt Euch, liebe Nachbarn, da nun Euer Tagewerk vollbracht, daß Ihr zu dem Feste kommt, daß wir heute unsern Landessöhnen, den tapfern Kriegern geben, die glücklich aus Rußland zurückgekehrt.

Stark.

Ein kleines Häuflein ist uns nur vergönnt zu begrüßen, und so mancher Vater vermißt schmerzlich seinen Sohn. Laßt uns in den Wenigen alle ehren, die für das Vaterland gekämpft. Kann unsere Thräne auch nicht ihr Grab benetzen, die jetzt in der Ferne in fremder Erde ruhen, — ein Glas werde ihnen heute in die Ewigkeit gebracht!

Stadelberger.

Mag, wenn Friede unser Land einst beglückt, es einem gütigen Regenten vorbehalten sein, ihnen ein Denkmal zu bauen, das der Nachwelt von ihren Thaten Zeugniß gibt.

Stark.

Uns aber, laßt heute froh und heiter sein und uns des Glücks des Wiedersehens unserer Söhne freuen. An nichts darf es heute fehlen; sie haben lange genug Entbehrungen gelittten, — heute soll jedem ein Freudentag werden.

Stadelberger.

Noch würde ihre und unsere Freude erhöht, könnte der tapfere Führer ihre Kompagnie, der brave Fellner, auch in unserer Mitte weilen. Er ist den Heldentod gestorben. Ruhe und Friede seiner Asche! —

Stark.

Ihm ist wohl; — der Freude wenig hätt' ihn hier erwartet. Seine Geliebte, Adelheid, ist dem stillen Wahnsinn verfallen. Sie hätte ihn nicht erkannt, so wenig sie uns erkennt. Sein Kind ist verloren, und keine Spur von ihm je gefunden worden. Schmerz und Kummer hätte ihn daher nur hier auf heimathlichem Boden empfangen. Ihm ist wohler unter fremder Erde.

Stadelberger.

Seit einigen Tagen weilt Adelheid, die stille Beterin, wie sie vom Volke genannt, wieder hier, und verrichtet ihr Gebet dort bei der Säule.

Stark.

Habt Ihr sie angesprochen?

Stadelberger.

Heute, wie oftmals; — doch nie erhielt ich Antwort. Sie schaute starr mich an, und schwieg; es muß jede Erinnerung aus ihrem Gedächtniß an ihre Freunde entschwunden sein. Nie weilt sie lange hier, denn immer ist sie auf der Wanderung begriffen, von hier nach Altötting, und zurück zur Gnadensäule.

Stark.

Doch von was lebt sie? Sie bettelt nicht?

Stadelberger.

Nein, auch jede Gabe, die ihr freiwillig geboten wird, verschmäht sie. Man erzählt im Volke, sie hätte einen Schatz gefunden. Uns wurde, so lange sie bei uns diente, nie etwas davon bekannt.

Stark.

Und trägt sie immer noch ihr Päckchen mit dem Regenschirm unter'm Arm?

Stadelberger.

Wie früher; man sagt, sie hätte ihr Brautkleid darin, daß sie sich selbst gemacht, bevor ihr Geliebter ausmarschirt.

Stark.

Armes Weib! Das gebrauchst Du nimmer. Möchte der Herr sie von ihren Leiden b freien, und wieder Licht in ihrem Geiste werden lassen. Doch kommt Nachbarn, es dämmert schon, eilen wir zum Feste.

Stadelberger.

Ja, und laßt uns beim frohen Mahle jeden Trübsinn heute verscheuchen.

(Alle ab.)

Zweite Scene.
(Es fängt an dunkel zu werden.)

Adelheid (tritt auf).
(Sie trägt ein rothes Tuch auf dem Kopfe, ein Päckchen und einen rothen Regenschirm unterm Arm.)

Es dunkelt, und Nacht wird's wieder, und er ist noch nicht da! So warte ich schon lange, lange auf ihn. Auf wen? — Auf Martin, den Treugeliebten! Pfui, schäme dich, du sündvoll Weib, denkst nur an ihn und nicht an dein Kind, das du gemordet! — Ha, wie sie rasseln diese Räder, haltet ein! Mein Kind, mein armes Kind liegt darunter. Ha! — zu spät! — O Gott, er ist todt. — (Stößt einen Schrei aus.) Todt, — habt Ihr gehört, — todt, und ich hab' ihn getödtet. (Schaut in die Coulisse.) Kommst Du endlich Martin? Ja, er ist's! Doch so bleich; ha, und diese Wunde wie sie klafft, — komm, ich will Dich verbinden. — Nicht? was blickst Du mich so starr an? Du willst Max sehen, unser Kind? Komm mit zur heiligen Jungfrau; sieh, sie hat es mir aufgehoben; siehst Du sie? sie trägt es auf dem Arme; siehst Du? es ist viel schöner, als Du es verlassen. — Du wendest Dich von mir? Du glaubst es sei nicht unser Kind, geh', geh', sage ich, meine Liebe zu Dir ist Schuld, daß ich's verloren. — Laß mich allein, ich muß beten, — ich habe viel gesündiget, — ich habe an ihrer Hilfe, an ihrer Macht gezweifelt, laß mich durch Gebet mein Unrecht sühnen, geh', in Altötting sehen wir uns wieder, ich will unterdessen für Dich beten. Beten? und wird denn mein Gebet erhört? Was ist Gebet ohne Glaube? — Um Glauben bete ich. O, nur einen Strahl des Glaubens in dies wunde Herz! (Lacht.) Wer lacht hier, wenn ich bete um den Glauben? Elendes Volk, Ihr könnt ihn mir nicht rauben, ich habe ihn mir längst gestohlen. Doch laß, heilige Jungfrau, laß durch meine

Thränen Dich erbitten, — gib mir den Glauben an die
Zukunft wieder, daß mit Martin und meinem Kinde ich
vereinigt werde; so lange will bei Deinem Bild ich beten,
bis Du erhört, das Gebet der Sünderin.

(Sie kniet bei der Säule nieder. Eine sanfte Musik ertönt, es fällt langsam
ein Hintergrund vor ihr.)

Dritte Scene.

(Ein mit Trophäen und bayerischen Fahnen festlich geschmückter Saal;
im Hintergrunde das Bild des alten Königs Max mit Blumen bekränzt. —
Der Saal ist reich erleuchtet. In der Mitte des Theaters ein gedeckter
Tisch mit Bechern und zinnernen Trinkgeschirren. — Die Musik spielt
einen Festmarsch. — Es erscheinen paarweise: Stadelberger und Joseph,
Stark und der Invalide; so folgen immer ein Bürger und ein Soldat. Alles
stellt sich links und rechts auf.)

Stadelberger (in der Mitte).

Seid herzlich hier bei diesem Fest willkommen,
Geliebte Landessöhne, tapf're Krieger,
Die Ihr in Eure Heimath wiederkehrt.
Ihr wisset, welch' inn'gen Antheil der Bürger Münchens
An allen nimmt, was sein Vaterland betrifft.
So waren wir auch stets in Gedanken
Bei Euch, als Ihr in's ferne Rußland seid gezogen,
Und all' das Mißgeschick, das Ihr dort habt ertragen,
Erfüllte unsere Vaterherzen hier mit Schmerz.
So laßt uns heute, an dem Tage der freudigen Wiederkehr,
Mit Euch, Ihr tapfern Krieger auch Lust und Freude theilen,
Laßt uns das Band nur enger knüpfen,
Das Bürger und Soldat so schön verbindet,
Und hören werdet Ihr im ganzen Bayerland,
So wie heute hier: ein Hoch dem Soldatenstand!

Alle.

Ein Hoch! dem Soldatenstand.

Joseph.

Erlaubt, daß ich im Namen meiner Kameraden
Euch unsern herzlichsten Dank ausspreche.
Wir haben viel gelitten, viel ertragen,
Doch trug's der bayer'sche Soldat ohne Murren;
Das half der Glaube, den Ihr uns
Als Väter in unser jugendliches Herz gepflanzt,
Habt Dank dafür, im Unglück haben wir es erst erkannt,
Glücklich der Bürger, wo Glaub' und Treue herrscht im Land:
Ein Hoch darum dem treuen Bürgerstand.

Alle.

Ein Hoch! dem treuen Bürgerstand.

Stark.

Nun nehmet Platz, und laßt im traulichen Gespräche
die Stunden uns verplaudern.

Stadelberger.

Ja, und an Dir, lieber Joseph, ist es nun, uns zu
erzählen, wie es Euch, seit Euerm Auszug vor zwei Jahren,
im Felde ist ergangen.

Joseph.

O Freunde, Ihr weckt der alten Wunde unnennbar
schmerzliches Gefühl! Von unserm kläglichen Geschick ver=
langt Ihr Kunde! Die Drangsal alle soll ich offenbaren,
die ich gesehen, und meistens selbst erfahren! Wer möchte
thränenlos erzählen? Doch treibt Euch so gewaltige Begier
von 30,000 Bayern Untergang und mein Geschick zu hören,
sei's denn! Ohne Gottes und des edlen Oberlieutenants
Fellner Beistand, hättet Ihr mich wohl nie wieder bei Euch
gesehen. Wir haben heute den 27. April 1813; wie Ihr
wißt, marschirten wir vor einem Jahre durch Polen in das
bayerische Standlager bei Polozk an der Weichsel. Unsere

bayerischen Heerführer Deroy und Wrede standen unter dem Oberbefehl des Prinzen Eugen Napoleon. Aus dem Zeitungsblatte habt Ihr erfahren, wie unsere Landsleute bald die siegreichen Schlachten bis zu der von Smolensk, und an der Moskowa mitfochten. Nach dieser letztgenannten riesenhaften Schlacht, blieben, von mehr als 2700 Mann bayerischer Reiterei, nur noch 700 Pferde übrig. Der heldenmüthige Ueberrest deckte als Nachhut unserer Alliirten, den Rückzug aus dem brennenden Moskau, bis diese Tapfern, aufgerieben durch immerwährende Gefechte, Anstrengungen, Entbehrungen, Krankheiten und Kälte, im Strome der allgemeinen Auflösung und Flucht verschwanden. Wir aber vermißten mit Schmerz unsere herrliche Reiterei, die uns bisher Nahrung herbeigeschafft, und unsere Lagerstätten gesichert hatte, und waren durch übermäßige Märsche bei schlechter Witterung, durch Mangel an Brod und Schuhen, und durch eine Krankheit, welche Tausenden schnellen Tod brachte, von 25,000 auf 10,000 waffenfähige Männer zusammengeschmolzen, und doch mußten die Russen am 16. August dem heldenmüthigen Andrange der Bayern weichen; unser edle Feldherr, der greise Held Deroy sank dabei, tödtlich getroffen, vom Pferde. Am 22. August, nachdem wir in den vorher verflossenen Tagen 118 Offiziere, und 1261 Soldaten eingebüßt, rückten wir auf General Wrede's Befehl, welcher nun statt des entseelten Deroy unser Feldherr war, den Russen nach. Unser erstes leichtes Jägerbataillon, schon sehr geschwächt, hatte einen Regen von feindlichen Granaten, Kugeln und Kartätschen auszuhalten. Bei unserem Rückzug von vorn gedrängt, und auf der Seite von Kosaken angegriffen, hieben die feindlichen Schaaren in unsere Glieder ein. Ich ward an der linken Achsel schwer verwundet, viele der Unsrigen wurden gefangen, und auch mich wollte eben dieses traurige Loos erreichen, als der

Oberlieutenant Martin mir mit meinem eigenen Bajonett den Weg durch die Kosaken bahnte, und, selbst blutend, mich wie seinen Bruder schützte, bis uns das erste Infanterie-Regiment König in seine Obhut nahm, und statt unser die verlorene Stellung einnahm.

Stadelberger.
(Wischt sich die Augen und erhebt das volle Glas.)

Auch den Todten, und zumal dem edlen Martin, laßt bei vollem Becherklang ein dreifach herzlich Hoch ertönen!

Alle.

Hoch! hoch! hoch! (Stoßen an und trinken.)

Stadelberger.

Wie ging's mit Deiner Achselwunde?

Joseph.

Wir warfen uns nach Polozk, wo wir uns festhielten und wo ich krank im Lazoreth lag, während der Oberlieutenant Martin mein guter Engel blieb, und mir durch Aufmunterung und Beistand das Krankenlager erleichterte. — Meine Heilung hatte ich den beiden kunstgeübten Militärärzten und Brüdern Dr. Adam und Dr. Thomas Fleschütz zu verdanken. Indessen kam der 26. Oktober, wo ich den Oberlieutenant Fellner zum letztenmale sah. Die gesammten bayerischen Bataillone waren bereits in ebensoviele Compagnien zusammengeschmolzen. Martin wurde am 26. Dezember bei Kobilenski gefangen, als er eben von uns wegbeordert war, um die aus den Spitälern kommenden Soldaten zu sammeln. Wir Andern wurden aber fast zur nämlichen Zeit bei Weleika und Oszmjana durch den furchtbaren Anblick der fliehenden Trümmer der großen Armee mit Entsetzen und Hoffnungslosigkeit erfüllt. Statt der berühmten Krieger des Kaiserreiches, keuchten in verwirrten Massen nur unbewaffnete, ausgehungerte und halbnackte Scelette an uns vorüber. Unsere kaum mehr 400 Männer zählenden zwei bayerischen Divisionen, von welchen die Meisten schon Hände und Füße erfroren hatten, sollten mit sehr wenigen Chevauxlegers als Nachhut den Rücken der nach Wilna fliehenden Franzosen decken, und den verfolgenden Russen wehren. Bald verschwanden die Kameraden auf der Straße uns aus dem Gesichte.' Wir Wenige, welche das Leben erhielten, konnten, da uns die Hände erfroren, und die Gewehre mit einer Eisrinde überzogen waren, kaum mehr auf die uns den ganzen Tag über verfolgenden Kosacken feuern; wen nicht der wüthendste Hunger, den mußte die furchtbarste Kälte tödten. Am 12. Dezember 1812 hatten wir, an zwanzig Soldaten, uns bis an die nahe Grenze geflüchtet, in ein einzeln gelegenes Haus, wo uns todtmüde Menschen, die Russen überraschten. Ich aber, die Dunkelheit benutzend, kroch unbemerkt durch's Fenster, traf bald glücklicherweise einen bespannten Schlitten, den ein Knecht nach jenem Hause führte, und ließ mich in demselben für drei Dukaten, mein Abschiedsgeschenk von Fellner, eine gute Stunde weit in der Richtung der Grenze fortbringen. Noch ein tüchtiger Schluck aus der Branntweinflasche des Knechtes sammelte dann meine Kräfte zum raschen Laufe, ohne Ruhe fort und fort, und ich kam lebendig aber bis zum Tod ermüdet, an dem östlichen Thore von Kowna an. Hier am Niemen stand unser Feldherr Wrede, der den schwachen Ueberrest der Unsrigen sammelte, — kaum dreihundert Lebende aus allen Waffengattungen.

Stark.

Ach! wie beklagenswerth ist der Verlust so vieler Landsleute!

Joseph.

Zu Neujahr **1813** erhielten wir in Polen Hilfe aus dem lieben Vaterlande, in dessen Residenzstadt ich mit den kläglichen Ueberresten jener glänzenden Garnison, welche vor vierzehn Monaten München verlassen hatte, nunmehr wieder eingezogen bin. Von **3500** Mann, die München kräftig und gesund verließen, sind **180** Mann, die vom ersten Regiment König, und **23** Mann von meinem Bataillon, aber kein Chevauxlegers mehr hierher zurückgekommen. Gar manche Thräne des Mitleids sahen wir in den Augen der braven Münchner glänzen, — aber eine Thräne strahlte uns herrlicher als alle, — wir sahen sie im Auge unsers guten Königs. Hier unser alter Kompagniedichter, der uns so oft mit einem Lied erfreute, hat heute auch ein Lied gedichtet, wozu die Thränen unsers allgeliebten Königs ihm den Stoff gegeben, er soll es singen.

Stadelberger.

Wir bitten alle ihn darum.

Joseph.

Nun, so beginn, den Schluß wiederholen wir Alle.

Invalide (singt).

Es ist ein König im Bayernland
Ein gar treues und adelig' Blut,
Er wird nur überall Vater genannt,
Denn sein Herz ist so menschlich und gut.
So oft noch's Volk unsern König sah,
Erscholl die freudige Kund',
Durch's ganze Land: der Vater ist da!
Ja, wie aus einem Mund.

Alle.

Durch's ganze Land: der Vater ist da!
Ja, wie aus einem Mund.

Invalide.

Er ist ein gar hoher und stattlicher Herr,
Ein wahrhaft königlich' Bild,
Sein Antlitz strahlet voll Seelenruh',
Sein Aug' ist so freundlich und mild; —
Kein Kindlein kann er weinen sehen,
Er nimmt es zu sich in sein Haus,
Und sieht er die Armuth am Wege stehen,
Der König, er weicht ihr nicht aus.

Alle.

Und sieht er die Armuth am Wege stehen,
Der König, er weicht ihr nicht aus.

Invalide.

So sah ich heut' im Vorübergehen,
Am Fenster im fürstlichen Schloß,
Mit thränendem Aug' unsern König stehen,
Denn sein Schmerz war unendlich und groß.
Denn ernst und still, ohne Trommelklang,
Zog langsam und traurig einher
Unser Häuflein Krieger aus Russenland,
D'rum weinte der König so sehr.

Alle.

Unser Häuflein Krieger aus Russenland,
D'rum weinte der König so sehr.

Invalide.

Wohl Tausend zogen in Feindesland,
Kaum Hundert kehrten zurück, —
Das machte dem Vater das Herz so schwer
Und trübte des Königs Blick,
Denn nicht Soldaten sandte er aus,
Sein Herzblut, sein Volk war's allein,

Seine Kinder aus dem Vaterhaus,
D'rum fühlte er doppelt die Pein.

Alle.

Seine Kinder aus dem Vaterhaus,
D'rum fühlte er doppelt die Pein.

Invalide.

Des Königs Thränen, sie fielen schwer
In das alte Herz mir hinein,
Da hab' ich sie treulich aufbewahrt,
Als Perlen und Edelgestein.
Da trag' ich sie bis an mein Lebensend
Zum Seelendiadem vereint.
Ein König hat sie, unser Vater Max,
Den gefallenen Helden geweint.

Alle.

Ein König hat sie, unser Vater Max,
Den gefallenen Helden geweint.

Stadelberger.

Brav, Alter! Ihr habt uns alle bis zu Thränen ge=
rührt. Ja, er hat das beste Herz, und hat es längst auf=
gehört zu schlagen, so wird die Nachwelt noch von diesem
Herzen sprechen.

Stark.

Wir aber, seine Kinder, — laßt unsern König,
unsern besten Vater, ein Hoch bringen. Es lebe Vater
Max, hoch!

Alle.

Es lebe Vater Max, hoch!
(Mit einer Fanfare fällt der Vorhang.)

190

VI. Abtheilung.
(Eine Schenkstube des Posthauses.)

Erste Scene.
Posthalter, dessen Frau und Lenchen.

Posthalter,
(welcher Fliegen erschlägt.)

Das ist jetzt die zwei und achtzigste Fliege, die ich er-
schlagen, seit Max aus ist; das geht doch über alle Maßen.
Längst könnte er zu Hause seyn, weiß doch, daß ein hoch-
löbliches Gericht um sechs Uhr Abends nach den Zei-
tungen schickt, und das Gericht warten lassen, das ginge
über alle Maßen.

Lenchen.

Wenn ihm nur nichts passirt ist, er reitet die stör-
rische Lise, wie leicht könnte ihm bei dem fürchterlichen Wetter
ein Unglück geschehen sein.

Posthalter.

Ja, das war ein fürchterliches Wetter, gedonnert und
geblitzt hat es über alle Maßen.

Frau Grundmann.

Ah, papperlapap, wer weiß welche Lise Schuld ist, daß
er so lang ausbleibt; sitzt wahrscheinlich bei dem hochnäsigen
Stadtfräulein, das im Posthause in Audorf auf Besuch ist.

Lenchen.

Nein, Mutter, das thut er nicht, gewiß nicht, da kenn'
ich meinen Max besser, auf seine Treue kann ich bauen.

Posthalter.

Ja, da hat's Lenchen recht, brav ist er, brav über alle Maßen,
sonst würde ich auch nicht ihm mit der Zeit alles übergeben.

Frau Grundmann.

Ist auch nicht Dein vernünftigster Streich, den Du je gethan, einen so hergelaufenen Menschen. —

Posthalter.

Ist nicht wahr; er kam gefahren.

Frau Grundmann.

Von dem man nichts weiß, als was er selbst erzählt, daß er ein Soldatenkind ist; den irgend eine schlechte Dirne ausgesetzt; Dein eignes Kind und die schöne große Wirthschaft noch obendrein zu geben.

Posthalter.

Was nützte ihm das Mädel allein, und wenn er auch verliebt ist drein über alle Maßen, davon haben's nichts zu leben, drum braucht er eine gute Wirthschaft auch. Uebrigens warst Du die Erste, die ihn freundlich in unser Haus aufgenommen, als er vor fünfzehn Jahren, in der Nacht, ganz erstarrt, liegend auf der Postchaise, hier ankam.

Frau Grundmann.

Ja, das ist wahr, was hätte man auch machen sollen; es war ein so netter schwarzlockiger Knabe, und blickte uns so freundlich an; Kind hatten wir damals keines, so behielten wir ihn dann in Gottes Namen.

Lenchen.

Eine That, die Ihnen, liebe Eltern, der Himmel reichlich vergelten wird.

Posthalter.

Hat es bereits vergolten, über alle Maßen reichlich vergolten; denn seit Max bei uns ist im Hause, ist auch der Segen des Himmels bei uns eingezogen. Unsere Felder stehen immer im schönsten Flor, Ackerbau, Viehstand und Pferdezucht, alles gedeiht über alle Maßen, und wer ist Schuld, he? frage, wer? Max; er ist der Frühste auf, — der Letzte zu Bette, — überall ist er, während mich das verdammte Zipperlein seit Jahren zu Hause festhält.

Frau Grundmann.

Ist auch seine Schuldigkeit, daß er es thut, wer hat ihm alles lernen lassen? wir! Wer schickte ihn in die landwirthschaftliche Schule? wir und wieder wir! Aber sich in Lenchen zu verlieben, das schafften wir ihn nicht, das ließen wir ihn nicht lernen.

Posthalter.

Wird auch nirgends gelehrt; aber es gibt Menschen, die über alle Maßen Talent dazu haben, und so was von selbst leicht lernen.

Frau Grundmann.

Ich sage nicht nein. Hätte uns der liebe Gott nicht mit Lenchen beschenkt, so hätte man ihn an Kindesstatt angenommen, dann hätte man ihm mit der Zeit die Wirthschaft übergeben können, denn, Gott sei Lob und Dank, unser Schäfchen ist im Trocknen; so aber, heißt es an Lenchen denken, daß sie gut versorgt wird.

Posthalter.

D'rum geben wir sie dem Max; ihn kenne ich, er ist ein fleißiger, sparsamer, sanfter Bursche, — bei ihm wird nichts weniger, er ist der Rechte, der Lenchen glücklich macht.

Frau Grundmann.

Aber ohne Herkunft. — Ich bin nicht stolz, aber man hat doch auch seine Ansprüche, und wenn ich lieber die Schwiegermutter eines Herrn von, als die eines Menschen ohne Herkommen wäre, so wird mir dies Niemand verdenken.

Posthalter.

Niemand verdenken? oho! sehr verdenken, über alle Maßen verdenken. Unser braves Lenchen einem Menschen geben, der nichts hat, als sein Herr von, der nichts kann und nichts ist, als der Sohn des gestrengen Herrn Gerichts- halters, das wäre mir das Rechte, einem solchen Federfuchser meine Wirthschaft übergeben, um als alter Posthalter, bei dem es immer vorwärts ging, auf einmal zu sehen, daß alles rückwärts geht. — Nein, das geschieht nimmermehr, und ehe sollt' ich keine Fliege mehr in meinem Leben er- schlagen, und das wäre doch über alle Maßen.

Lenchen.

Es ist auch der Frau Mutter nicht recht Ernst dabei, weiß sie ja, daß sie ihr Lenchen nur mit Max glücklich macht, und mit jedem Andern unglücklich, und das will mich Mütterchen nicht machen, nicht wahr Mütterchen?

(Schmeichelt ihre Mutter dabei.)

Frau Grundmann.

Non, non, weine nur nicht! ich will ja Dein Glück, aber ich zweifle immer daran, ob Du mit Max glücklich wirst; er hat so was Finsteres, ja, manchmal so was Ver- stecktes an sich.

Lenchen.

Das ist nur der Schmerz um seine Eltern, der ihn manchmal so traurig macht; ist er erst einmal mein Mann, und weiß wem er angehört: wird sein Trübsinn schon vergehen.

Posthalter.

Da hat Lenchen Recht, ganz Recht, hat er erst einmal selbst Familie, so wird ihm die Sorge um seine frühere schon vergehen.

14

Frau Grundmann.

Sonderbar bleibt es immer, daß sich während den fünfzehn Jahren gar Niemand um ihn bekümmert. Kein Vater, keine Mutter.

Posthalter.

Leicht erklärlich: der Vater ist wahrscheinlich im Felde geblieben, die Mutter war eine Soldatendirne, die war froh ihn los zu sein, und aufrichtig gesagt, war es uns auch nicht recht Ernst dabei, beim Nachforschen seiner Eltern. Wir gewannen den Knaben in kurzer Zeit so lieb, daß es uns leid gethan, ihn zu verlieren. Kinder haben wir auch nicht über alle Maßen, so ist es gerade recht, wir machen beide glücklich, und Max und Lenchen werden uns kräftige Stützen im Alter sein; darum Alte mach' mich nicht böse und komm mir nicht noch einmal mit Deinem gnädigen Schwiegersohn.

Frau Grundmann.

No, no, laß es nur wieder gut sein, ich seh' schon, ich muß halt nachgeben; — der Kampf wäre auch ungleich, stehen ja drei Alliirte mir gegenüber. No, mir is recht, ich heirath' ihn nicht, Lenchen soll sehen, wie sie mit ihm fertig wird.

Posthalter.

Wird fertig werden, über alle Maßen fertig werden, bist ja, liebe Alte, mit mir auch fertig geworden; aber so seid Ihr Weiber, nichts ist Euch recht zu machen; ich war Dir in meiner Jugend zu lustig, und der Max ist Dir wieder zu traurig; doch horch! (Man hört ein Posthorn blasen.) Da heißt's: wenn man den Fuchs nennt, kommt der Schimmel gerennt.

Lenchen (schaut durch's Fenster).

Ja, Väterchen, Max ist es, — doch kommt er nicht auf den Schimmel geritten, — er sitzt auf dem Bocke eines prächtigen Reisewagens.

Posthalter.

Ah, eine Extrapost, freut mich über alle Maßen, laß mich nur schnell hinaus, um zum Umspannen alles anzuschaffen.

(Will abgehen, doch kommen ihm entgegen:)

Zweite Scene.
Max. Fürst Potofsky. Die Vorigen.

Max.

Bleiben Sie, lieber Vater, Seine Durchlaucht werden einige Stunden hier verbleiben, um sich von dem eben ausgestandenen Schrecken zu erholen.

Posthalter.

Haben Euer Durchlaucht vielleicht umgeworfen; ja, die Straßen sind bei uns nicht die besten, ja sogar oft schlecht, über alle Maßen schlecht.

Fürst.

Nein, Dank sei es dem Himmel und diesem wackern Burschen, durch dessen Geistesgegenwart und Muth von großem Unglück wir errettet sind. Es war zwei Stunden von hier, auf dem Gipfel des hohen Berges, als uns das fürchterliche Wetter überraschte. Der Postillon von der vorigen Station, der mich gefahren, muß von der drückenden Hitze übermannt, eingeschlafen sein, der erste fürchterliche Donner erweckte ihn, doch zu spät, es entglitten ihm bereits die Zügel, und die Pferde, durch Donner und Blitz scheu geworden, rannten im vollen Carrière dem Abgrunde zu. Da wären wir mit dem Wagen hinuntergestürzt, unrettbar verloren gewesen, wäre nicht dieser brave Bursche uns zu Hilfe geeilt. Er sah von Ferne unsere Gefahr, sprengte eiligst uns nach, und nachdem er schnell von seinem Pferde sprang, fiel er mit kräftigem Arm den unsern in die Zügel, und brachte sie zum Halten. Eine Minute später ohne ihn, und wir lägen alle in dem fürchterlichen Abgrund, der unser Grab geworden wäre.

Posthalter.

Brav, Max, brav gehandelt!

Lenchen.

Es ist Dir doch dabei nichts zu Leide geschehen, lieber Max?

Max.

Nein, liebes Lenchen; wie ich Dich verlaßen kehr' ich wieder, nur mit der Errinnerung einer guten That reicher.

Fürst.

Nicht mit der Erinnerung allein sollt ihr zufrieden sein; nehmt hier diesen Beutel mit Gold, er wird Euch für die Zukunft nützlich sein; mir aber nennet Euren Namen, damit ich ihn überall, sowie auch bei der Postdirektion lobend nennen kann.

Max.

Max Martin.

Fürst.

Doch Euren Geschlechtsnamen?

Max.

Ich habe keinen, ich bin eine elternlose Waise.

Fürst.

So seid Ihr ein Findelkind?

Max.

Nein und ja; ich war sechs Jahre alt, als mein Vater, der Offizier war, und den ich von meiner Mutter nur
immer Martin nennen hörte, in das Feld zog; es war nach
Rußland, wie mir der Herr Pfarrer hier im Orte nach der
Zeitrechnung erklärte; er nahm, wie ich mich noch dunkel
erinnere, an einem großen Platze von uns Abschied, meine
Mutter eilte ihm nach, ihn noch einmal zu sehen, sie ließ
mich auf dem großen Platz allein zurück und hieß mich
warten, bis sie wiederkehre. Auch ich wollte meinen Vater
nochmals sehen, — ich sah einen Wagen vorbeifahren, und
in meinem kindlichen Wahne glaubend, daß dieser schneller
mich zu meinem Vater bringe, setzte ich mich auf den Hin-
tertritt; so muß ich wohl lange gefahren sein, denn ich kam
nach langer Zeit hier schlafend an, bei diesen braven Leuten.
Mein Ungehorsam, der mich nicht auf meine Mutter warten
ließ, — raubte mir auch sie. Jede Nachforschung meiner
Pflegeeltern um meine Mutter, nach meinem Vater, war
fruchtlos, und so nahmen nun diese mich freundlich in ihr
Haus auf, und behielten mich darin. Ihnen verdanke ich
alles, was ich bin und was ich kann, sie sind meine zweiten
Eltern mir geworden.

Posthalter.

Sie haben's nie bereut, da Du ihnen stets Freude,
stets Ehre machtest. Ja, und Deine heutige That ist wieder
ein neuer Beweis, daß Du würdig bist, mein Sohn zu heißen.

Leuchen.

Und nicht wahr, Väterchen, Ihr verkürzt nun auch
die Zeit, die Ihr gesetzt, bis zu unserer Verlobung?

Posthalter.

Verkürzen? Ueber alle Maßen werd' ich sie verkürzen, und daß Ihr seht, daß es mein Ernst ist, soll heute noch Verlobung, und in drei Monat Hochzeit sein. An der heutigen Feier aber, bitte ich Seine Durchlaucht Theil zu nehmen.

Fürst.

Herzlich gerne; fröhlich soll es zugehen, auch Musik darf nicht fehlen; ich liebe den Tanz und sehe gerne die kräftigen Gestalten der bayerischen Burschen und Mädchen in ihren Nationaltänzen. Ladet daher viele Gäste ein, ich statte dieses Fest aus, an nichts soll es fehlen, wo ein Fürst Potofsky, Zeuge bei der Verlobung seines Lebensretters ist.

Mar.

Mir aber, Euer Durchlaucht, erlauben Sie auch eine Bitte. Sie haben mir vorher diesen Beutel mit Gold zum Geschenke gemacht: darf ich Euer Durchlaucht bitten, ihn wieder zu nehmen; und kehren Sie nach Rußland zurück, und treffen irgend einen Bayern, der in knechtischer Gefangenschaft lebt, dann kaufen Sie ihn mit diesem Golde los. Ich habe Sie aus Todesgefahr errettet, Ihr Geschenk errette einen meiner Landsleute von Knechtschaft zur Freiheit. Vielleicht schmachtet auch mein Vater dort in Gefangenschaft, wenn er nicht längst schon unter jenen Eisfeldern ruht, wo Tausende unserer Landsleute gefallen.

Fürst.

Braver, wackerer Bayer! dies Mitgefühl für Deine Landsleute soll gewiß belohnt werden. Was in meinen Kräften steht, werde ich bei meiner Rückkehr nach Rußland für sie thun. Sollte es mir gelingen, Deinen Vater aufzufinden, so wäre meine Freude unendlich groß; meinem Lebensretter seinen Vater zu befreien, ihn mit allem zu

unterstützen, daß er in die Arme seines Sohnes wieder=
kehren könnte, würde meine Aufgabe sein, zum Lohne für
meine Rettung.

Posthalter.

Das ist alles recht schön, doch vergessen wir über die
Zukunft nicht die Gegenwart. Du Alte, schau in die Küche,
bring' alles um, morde über alle Maßen, das heißt Hähn-
deln, Gänserln, alles G'flügel, bös da ist. Ich renn' unterdessen zum Pfarrer, zu alle Nachbarsleute, denn lustig soll
es hergehen, lustig, über alle Maßen lustig, an dem Tag,
wo dem Posthalter Grundmann sein Töchterl Verlobung feiert.

Frau Grundmann.

No, no, ich geh' schon, und ist mir nun auch alles
recht, denn die Ehre, eine Durchlaucht zum Zeugen bei
der Verlobung von Lenchen mit Max, wär' mir beim Ge-
richtsschreibers Sohn doch nicht zu Theil word'n.
(Beide ab.)

Fürst.

Auch ich will auf mein Zimmer zum Umkleiden gehen.
Ihr werdet nicht böse sein, scheint mir, wenn ich Euch, Lie=
besleute allein lasse. Doch weilt nicht zu lange, daß bald
beim Feste wir froh uns wiedersehen.
(Ab.)

Dritte Scene.
Max und Lenchen.

Max.

Endlich sind wir allein, und ich darf Dich an dies
liebend Herz drücken, und Dir sagen, wie unendlich glücklich
mich der Ausspruch Deines Vater macht.

Lenchen.

Und bist Du wirklich glücklich, vermag es meine Liebe
Dir dies Glück auch stets zu erhalten?

Max.

O, frage nicht; warst Du es nicht, die jeden Trübsinn mir von der Stirne scheuchte, wenn die Erinnerung an
meine verlorenen Eltern meine Seele mit Gram erfüllte?

Lenchen.

Werd' ich's auch noch, wenn Du mein Gatte bist?

Max.

Gewiß! Mein Trübsinn wird verschwinden, nun steh'
ich nimmer allein.   Du sollst jetzt Alles mir, sollst mir
mein Höchstes sein; und wie ein treuer Wächter seinen Schatz
bewacht, so will auch ich wachen über Dich, daß jedes
Leid von Dir verschwinde, und glücklich Du mit Deinem
Max nur bist.

Lenchen.

Ich bin es, bewahrst Du immer mir Deine Liebe.
Was auch der Wechsel des Lebens uns bringen oder nehmen
möge, getrost schauen wir der Zukunft entgegen, wenn treu
wir bleiben in Liebe und im Leben.

Max.

Ja! Treu' in Lieb', im Leben bis zum Tod, dies lasse
unsern Wahlspruch sein.

Lenchen.

Er sei es, und wie ich jetzt Arm in Arm mit Dir,
froh und glücklich zur Verlobung eile, — soll unser Weg
durch's ganze Leben sein.

(Beide ab.)

Vierte Scene.

(Es wird Nacht.)

Viktor (Aufwärterin, mit einem Lichte); dann **Adelheid.**

Viktor.

So kommt nur hier herein, und verweilt unterdessen, bis ich in einem Zimmer Feuer mache, daß Ihr Euch trocknen könnt, das Wetter hat Euch arg erwischt. Wollt Ihr nichts essen? Keine warme Suppe? Wollt Ihr Bier?

Adelheid.

Nichts als eine Suppe und eine warme Stube, um dies bitt' ich Euch.

Viktor.

Sonst weiter nichts? Ihr seid wohl arm, gute Frau?

Adelheid.

(Mit Betonung.) Arm? Ja, Ihr habt recht, sehr arm, denn mir fehlt Alles.

Viktor.

O, seid nicht traurig, hier seid Ihr zu guten Menschen gekommen, meine Herrschaft hilft jedem Armen gerne; ich will nur gehen, ihr's zu sagen, und dann schnell Feuer machen.

(Ab.)

Fünfte Scene.

Adelheid (allein).

(Spricht nicht im Wahnsinn.)

Arm! ja, Du hattest Recht, arm bin ich, recht arm, denn ich steh' allein; allein? lüge nicht Adelheid, hast Du nicht einen treuen Gefährten, den strengen Meister Schmerz und den bleichen todtstillen Gesellen Gram? Ja, ja, die beiden verlassen mich nie. Doch auch Du, Du folgst mir, wie ein Strahl der Sonne, Du einzig hehre Lichtgestalt, unter meinen düstern Begleitern, Du göttlich heilige Religion. O verlasse mich nie, daß ich mein Kreuz forttrage. Ich trag' es wohl schon lang, recht lang; o, warum ist es in meinem Kopfe so wüst, so Nacht, so selten nur ein Strahl des Lichts. Wie bald fliehen die lichten Augenblicke, die mit süßer Täuschung mich umgaukeln, und der Geist des Trüb- und Starrsinns fällt wieder bang und schwer auf mich herab. Still, es kommen Leute, neugierige Menschen, nichts sollen sie von mir erfahren, ich will nicht Zeugen meines Unglücks haben.

Sechste Scene.

Lenchen,
(festlich geschmückt, mit einem Becher Wein).

Hier, arme Frau, hier schickt Euch die Mutter einen Becher warmen Wein, bald wird er Euch erwärmen. Ihr habt Euch wohl vergangen, daß so spät Ihr erst angekommen?

Adelheid.

Ich wollte nach Altötting, hab' oft den Weg dahin gemacht, doch heute bei der Finsterniß habe ich ihn verfehlt.

Lenchen.

Nur einige Stunden seid von der Straße Ihr entfernt; bei Tage morgen findet Ihr Euch leicht zurecht. Doch seid am Gnadenorte Ihr angelangt, so könntet einen Gefallen Ihr mir erweisen.

Adelheid.

Sprecht nur, mein liebes Kind, gern werd' ich's thun.

Lenchen.

Der Schutz und die Gnade der heiligen Jungfrau thut jedem Wanderer Noth, doch denen wohl am meisten, die eine lange Reise machen. Ich will einen langen Weg durch's ganze Leben mit Max antreten, darum bitt' ich Euch, laßt eine Messe dort für mich lesen, und hört ihr andächtig zu. Wollt Ihr?

Adelheid.

Ich will.

Lenchen.

Gleich bin ich hier, ich hole blos das Geld, auch will ich Euch zu essen bringen; Ihr sollt heute es gut bei uns haben, — Niemand soll traurig in unserm Hause an meinem Verlobungstage sein.

(Ab.)

Siebente Scene.

Adelheid (allein).

Was spricht sie da? Verlobung! Niemand traurig! Ha! ha!.. (Lacht wieder im Wahnsinn.) Feierte nicht auch ich Verlobung? Ward nicht auch mir der Geliebte entrissen, warum nur mir und mir allein? Warum sollen andere glücklicher sein, als ich? Ich soll noch beten für ihr Glück und mich hat man so namenlos unglücklich gemacht. Nein, ich will nicht beten, für sie nicht beten. Sie soll auch nicht glücklich sein, ist Adelheid es nicht. Warum reißt Du o Gott, ihr den Geliebten nicht vom Herzen? Warum nur mir all' dies Leid? — Warum? Ist sie nicht rein und ich eine Sünderin! Sie würde ihr Kind gewiß nicht verlassen, darum strafte auch der Himmel die Mutter, strafte mich. Der Reinen sei nicht mein Fluch; ich will für sie beten.

Lenchen.
(Wieder aus der Thüre rechts.)

Hier nehmt das Geld, und hier dies für Euch, es ist zur Zehrung morgen auf den Weg; mein guter Max, hat mir's für Euch gegeben.

Adelheid.

Max, sagt Ihr?

Lenchen.

Ja, Max, mein Geliebter, der heute wird mit mir verlobt; doch was erschreckt Ihr bei dem Namen?

Adelheid.

So hieß auch mir ein Sohn, der längst gestorben. (Für sich): Um dieses Namens willen, will ich für sie beten. Gebt mir das Geld ich laß' die Messe lesen, und wenn das Gebet einer Unglücklichen zum Himmel dringt, so werdet Ihr mit Max glücklich werden. Doch bitte, führt mich jetzt zu Bette in mein Kämmerlein: bet' ich dort meinen Abendsegen, so schließ ich Weide ein.

Lenchen (im Abgehen).

Thut es, denn nicht zu reich ist man an Gottes Segen,
Daß er beschütze uns auf unsern Lebenswegen.

Verwandlung.
(Ein Tanzsaal eines ländlichen Wirthshauses.)

Achte Scene.
Fürst, Posthalter und Frau, Max, Gäste, später Lenchen.

Posthalter.

Euer Durchlaucht müssen halt vorlieb nehmen mit unserer Bewirthung, und noch mehr mit unserer Unterhaltung.

Fürst.

Laßt es nur gut sein, liebe Leutchen, ich gestehe Euch herzlich gern, daß ich seit lange nicht so vergnügt war, und Euer ländliches frohes Fest, so manchem, daß ich in den höhern Cirkeln beigewohnt, wo ich mich gelangweilt, vorziehe; ich werde die frohen Stunden nie vergessen, die ich bei einer braven, biedern, bayerischen Familie zugebracht.

Posthalter.

Hörst Du's Alte? Seine Durchlaucht sind vergnügt, über alle Maßen vergnügt, no dös is recht, so hab' ich's gern. Jetzt solln's nur gleich den Tanz beginnen, der wird der Durchlaucht gewiß auch gefallen.

(Es erscheinen Tänzer und Tänzerinnen, entweder in ländlicher Tracht, oder was noch passender, vier Postillons in ihren bayerischen Uniformen und vier Mädchen, auch weiß und blau gekleidet; sie führen einen charakteristischen Ländler auf. — Unter passender Gruppirung rufen alle am Schlusse):

Es lebe das Brautpaar!

(Es fällt der Vorhang.)

V. Abtheilung.

(Eine Wirthsstube, links und rechts steht ein Tisch mit Stühlen.)

Erste Scene.

Wirthin. Fränzchen. Kellnerinnen.

Wirthin.

Nur geschwind, Mädeln, rührt's Euch, gleich wird's Kreuz von München kommen, und kommen dann die Leut' aus den Kirchen, wo sie sich geistlich gelabt, so wollen sie auch irdische Nahrung haben.

Fränzchen.

O mein's, Frau Mutter! Je mehr Kreuz ankommen, desto mehr Kreuz ist's für uns; wenn das Ding noch a paar Monate so fortzeht, so dürfen wir uns um bessere Füß' selbst verlob'n.

Wirthin.

Was war dös? Jetzt is das Mädel erst a paar Monat aus dem Institut, wo ich's erziehen ließ, und jetzt ist ihr die Arbeit schon zu viel, no dös wäre das rechte. Um bessere Füß' verlob'n, was das für Redensarten sind, ich plag' mich für Dich schon zwanzig Jahr und mir sind d'Füß noch nicht aus'n Leim gangen, — wer'n Dir auch nicht abbrechen, wenn Dich a bissel plagst. Nur weiter, g'schwind in d'Küch'. —

Fränzchen.

Ich geh' ja schon.

(Ab mit den Kellnerinnen.)

Wirthin.

Ja, ich sag's halt, all's lernen die Mädeln jetzt in den Instituts, nur das Arbeiten nicht. Aha, die Kirch' ist schon aus, d'rum hör' ich schon Leut'.

Zweite Scene.

Max Martin mit Frau und Kind. Vorige.

Wirthin.

Ja, was wär' dös, dös is ja gar der Herr Postmeister Martin, no, dös is a seltener B'such, und d'Frau Gemahlin und s'Büberl a mitg'nomma, no, dös is schön.

Max.

Seien Sie mir gegrüßt, Frau Wirthin; seit lange schon drängte es .mich, mit Frau und Kind den Gnadenort zu besuchen, doch immer stellten sich Hindernisse in den Weg, daß wir Beide nicht fort konnten. — Dieses Jahr endlich, wo die Schwiegerältern wieder recht gesund sind, und einstweilen die Wirthschaft führen, ist uns vergönnt einige Tage von zu Hause fortzubleiben.

Wirthin.

No bös ist recht. Ich sag' es ihnen, so a Wirthschaft ist a unruhig's Brod; es is wahr, es bleibt wohl dort und da a bißel was hängen, aber ang'hängt is man, wie ein Kettenhund; ich hab' grad' bei meiner Tochter d'rüber klagt.

Max.

Thut man's doch gerne, wenn man weiß, für wen man sich plagt. Die sechs Jahre, seit wir verheirathet, sind uns schnell entschwunden, denn ich und mein liebes Weibchen hier fühlen uns so recht glücklich in Erfüllung unserer häuslichen Pflichten.

Wirthin.

No, schauen's, bös g'freut mich; es thut einem ordentlich wohl, wenn man zufriedene Leut' in unserer jetzigen unzufriedenen Welt sieht. Schaun's da logirt ein Fremder bei uns, er muß recht reich sein, weil er alles so nobel bezahlt. Den Menschen hab' ich noch nicht lachen sehen, — er schaut so kalt aus, als wie sein Rußland, wo er hergekommen.

Max.

Von Rußland sagt Ihr kommt er?

Wirthin.

Ja, so sagte uns sein Kutscher, der ein Russe ist. Er soll ein Offizier sein.

Max.

Offizier? Gott! wenn er mir Nachricht über meinen Vater geben könnte? Wo treff' ich ihn, wie heißt er?

Wirthin.

Warten's, das kann ich Ihnen gleich sagen, da liegt ja das Fremdenbuch, schauen's nur her.

Max.
(Liest im Fremdenbuche.)

Heiliger Gott! welche Ahnung! ist es keine Täuschung? Darf ich meinen Augen trauen? — Ist dies der Name meines Vaters?

Lenchen.

Deines Vaters?

Max.

Ja! Martin Fellner! Wo ist er, daß ich an sein Herz sinken kann, das zwanzig Jahre ich so hart entbehrt!

Lenchen.

Max, lieber Max! mässige Dich, wenn Du Dich irren könntest.

Max.

Nein, ich irre mich nicht, diesmal nicht, mir sagt es der Schlag meines Herzens; — mein Vater ist in meiner Näh', und so laß mich rufen laut, daß er es hört: Vater, Vater! Dein Sohn ist hier.

Dritte Scene.

Martin (in Civil, trägt einen großen Bart). **Die Vorigen.**

Martin.
(Bleibt unter der Thüre stehen.)

Was geht hier vor? Warum dieser Lärm?

Max.

Freut Euch mit uns; ein Sohn hat seinen Vater wieder gefunden. Max heißt der Sohn, — ich bin's, und Ihr, Ihr seid mein guter Vater.

(Fällt ihm in die Arme.)

Martin.

Mein Sohn! Wär's möglich? Ja, Du bist es, — ich blicke Dir in's Auge und sehe mein Ebenbild. Doch, wer ist diese Frau, wer ist dies Kind?

Max.

Mein Weib, — mein Sohn, Euer Enkel!

Martin.

O, kommt alle, alle an dies Herz! es war so lang verarmt, macht reich es nun mit Eurer Liebe.

(Er umarmt Lenchen und küßt das Kind.)

Doch sprich, mein Sohn, hast Du auch keine Nachricht von der Mutter?

Max.

Keine, — seit zwanzig Jahren, wo Ihr uns verlassen. Damals wollte sie Euch nochmal sehen, und ließ mich allein; meine Liebe zu Euch, ließ mich den Ungehorsam begehen, mich, trotz des Verbotes der Mutter von dem Platze zu entfernen. Ein Wagen, der vorüberfuhr, und der mich, wie ich glaubte, zu Euch bringe, brachte mich zu den Eltern meines lieben Weibes; sie behielten mich, weil Niemand sich um mich bekümmerte. Sie erzogen mich gleich einen Sohn. Seit sechs Jahren übergaben Sie mir das Geschäft, eine gute Posthalterei, und seit der Zeit bin ich der glücklichste Gatte, ein glücklicher Vater, und jetzt auch Euer glücklicher Sohn.

Martin.

Du Glücklicher! nicht gleichen Glückes konnte ich mich, konnte Deine Mutter sich erfreuen.

Mar.

O sprecht, laßt Euer Schicksal uns schnell erfahren.

Martin.

Längst ist Euch das traurige Loos unserer Truppen in Rußland bekannt. Was wir an Kälte, Hunger und Ent=behrungen aller Art ausgestanden, — laßt diese Trauerscene mich übergehen, und hört mein Schicksal! — Bis zum Tage meiner Gefangennehmung wartete ich noch immer, doch vergebens, auf einen Brief von Deiner Mutter. Von da an, wäre es mir unmöglich gewesen, mir eine Nachricht zu=zusenden, denn ich wurde vom Schauplatze des Kampfes fortgeschleppt über die Berissna, den Dnieper und die Dwina, bis ich, als die Strapazen meine Kraft gebrochen hatten, in ein Nervenfieber verfiel, an dem ich bis in den Mai 1813 siechte. Im Juni ward ich nach der großen Tartarei, und von da in's Gouvernement Saraton an die Ufer der Wolga, in die Nähe der asiatischen Steppen gebracht. — Denke Dir mein Sohn, erst in diesem Jahre, in der Mitte des Aprils ließ mich der Fürst Potofski, dem jene Ländereien zugehören, vor sich kommen.

Mar.

Wie, lieber Vater! Fürst Potofski? — —

Martin.

Höre nur. Dieser ehrwürdige Greis war nach viel=jährigen Aufenthalt in Deutschland erst vor sechs Jahren nach Rußland, und vor Kurzem in diesen Theil seiner Besitzungen im russischen Riesenreiche gekommen. — — Er fragte mich freundlich: Seid ihr der Mann, dem ich so große Verbesserungen auf meinen Gütern danke? Ich nickte bescheiden mit dem Kopfe. Ein eingewanderter Deutscher also? fuhr er fort. Ich aber erhob die Stimme: Nein, Durchlaucht, sondern ein, seit dem 16. November 1813 widerrechtlich zurückgehaltener, von Euern inzwischen verstorbenen Neffen, mißhandelter Offizier, der bayerischen Armee. Euer Name? Martin Fellner. Da stand der alte Fürst mit glänzenden Augen mühsam auf, trat mir zitternd näher, und fragte zu meiner freudigen Ueberraschung weiter: Seid Ihr etwa derselbe, der einen Sohn, Namens Max, bei dem Posthalter Tobias Grundmann hat? Ersteres bejahte ich, Letzteres wußte ich ja nicht. Nun, sprach der Fürst mit Rührung, Ihr habt einen wackern Sohn, durch dessen Geistesgegenwart und Muth ich im Jahre 1827 von großer Todesgefahr errettet, und der mich dringend und mit Recht gemahnt hat, Euch in ganz Rußland aufzusuchen, und heimreisen zu lassen. Er bedauerte unendlich, daß es mir unter keinerlei Verhältnissen möglich war, früher zu meiner Befreiung etwas von mir hören zu lassen, — ja, daß selbst seine persönlichen Nachfragen um mich, während seiner Anwesenheit in seinen Ländereien ohne Erfolg geblieben waren. Ich erhielt für den Nutzen, welchen meine Thätigkeit gestiftet hatte, weil ich neue Dörfer gründen, Sümpfe austrocknen, Kanäle durch dürre Strecken führen, kurz, meine einst in der Münchener Ingenier-Schule erworbenen Kenntnisse hatte wuchern lassen, dann wegen meiner Flucht und Rückkehr zu den Kirgisen zu des Fürsten Besitzungen, in dem Augenblicke, wo eines der von mir gegründeten Dörfer durch die Kirgisen der Zerstörung hätte preisgegeben werden sollen, endlich als Entschädigung für das mir vor neunzehn Jahren durch des Fürsten Neffen zugefügte Unrecht, eine mehr als fürstliche Belohnung, und einen Reisepaß — und so reiste ich, als plötzlich reichgewordener Mann, nach Bayern hierher, wo ein glücklicher Zufall mich Euch finden ließ.

Max.

Dank sei es dem Himmel, der Euch wiederkehren ließ.

Martin.

Mein längst ersehntes Ziel, als ich von Rußland kam, war München, — Die Freude des Wiedersehns, Dich, Deine Mutter an mein Herz drücken zu können, — diese Hoffnung, die ich während zwanzigjähriger Gefangenschaft genährt, die mich im größten Unglück noch aufrecht hielt, — wie bitter wurde sie mir enttäuscht, als ich nach München zurückkehrte, nirgends fand ich eine Spur von Dir, noch von Deiner Mutter. Von den braven Bürgersleuten, der Waffenschmiedsfamilie, erfuhr ich endlich, daß Deine Mutter am Tage unseres Ausmarsches, von dem Rade einer Kanone schwer verletzt, an dem Schrannenplatze verwundet ankam, um Dich dort abzuholen, doch Du warst fort. Da erfuhr sie zufällig die Kunde, daß ein Knabe, der überfahren wurde, plötzlich gestorben sei. In ihrem Wahne, es sei ihr Kind, von der Wunde ihres Fußes ohnehin aufgeregt, fiel sie bei diesem Schrecken in Ohnmacht, und bei ihrem Erwachen war sie wahnsinnig.

Max.

Schrecklich! und ich bin daran Schuld!

Martin.

Man brachte sie in ein Spital, bald wurde die Wunde ihres Fußes geheilt, doch für die Wunde ihres Herzens gab es keinen Arzt, — sie blieb wahnsinnig. — Ihr Zustand ging in religiöse Schwärmerei über, und, da sie Niemand etwas zu Leide that, entließ man sie. Seit dieser Zeit, soll sie auf der Wanderschaft von München nach Altötting, hin und her begriffen sein, und bei dem Bilde der heiligen Jungfrau unser warten. Seit lange sah man sie in München nicht, da drängte es mich hierher zu reisen, um sie aufzufinden, doch war bis jetzt jede Nachforschung vergebens.

Max.

So muß denn jede Schale des Glücks, die Hälfte
Wermuth sein.

Martin.

Verzage nicht mein Sohn! noch lebt der alte Gott,
er, der mich auf dem Schlachtfelde, als ich mitten unter
den Todten lag, errettete, — der mich in mein Vaterland
wieder führte, und mich Dich finden ließ. Er wird alles
noch zu unsern Besten lenken. Um seine Gnade laß uns
flehen, hin wollen wir in die heilige Kapelle, und dort vor
seinem Altar unser aller Gebet vereinigen.

Kind.

Komm, lieber Vater! wir wollen dort den lieben Gott
bitten, daß er Dir Deine Mutter wieder schickt.

Max.

Ja, Du hast recht, mein Kind! Kommt laßt uns gehen,
vielleicht erhört der Himmel dies kindlich Flehen.

(Alle ab.)

Vierte Scene.
Verwandlung.

(Altötting, die Stadt im Hintergrunde, links steht die Kapelle zwischen vier
Bäumen. Die Kapelle ist erleuchtet, vor den Bäumen stehen Betschemel; auf
einen knieet Adelheid. — Es ist Dämmerung — Man hört das Ende einer
Kirchenmusik. — Nachdem sie geendet.

Adelheid.

So knie' ich nun schon viele Jahre,
Vor Dir Du heilige Jungfrau hier!
So trag' ich nun schon viele Jahre,
Den Schmerz des Kummers stets in mir.
Laß Dich versöhnen, Gnadenreiche!
Wenn ich gefehlt, ich büßte schwer,
Und nimm mich auf zu Deinem Reiche,
Wo keine Trennung herrschet mehr.

Dort werde ich mein Kind wiederfinden,
Dort darf ich mit Martin mich verbinden.
(Betet still fort.)

Fünfte Scene.

Martin. Max, seine Frau und ihr Kind. Die Vorige.

(Obige knieen sich auf die entgegengesetzte Bank der Adelheid.)

Max.

Komm mein Kind! Trage das Almosen jenem alten
Mütterchen hin, das dort knieet.

Kind.

Gleich, lieber Vater! (Geht zu Adelheid.) Hier, Mütterchen,
dies schickt Dir mein Vater.

Adelheid.

Heilige Jungfrau! es ist der Geist meines Kindes! —
Nein, — nein, — es ist kein Geist, er ist es selbst! O,
komm, mein Max, in die Arme Deiner Mutter. — Hab'
Dank, heilige Jungfrau, die ihm mir gesendet!
(Preßt das Kind in ihre Arme.)

Kind.

Hilf, lieber Vater, das Weib drückt mich!

Max.

Was thust Du Unglückliche? Du tödtest mir mein Kind.

Adelheid.

Auch Du hier, Martin? Es nützt Dich nichts, nicht
zum zweitenmale verlasse ich mein Kind, — hier an meinem
Herzen soll es ewig bleiben!

Martin.

Es ist kein Zweifel! es ist Adelheid, Deine Mutter.

Adelheid.

Wer ruft mich? — Adelheid, — ja, dies ist mein Name, doch wer sprach ihn aus; — diese Stimme ich kenne sie, sie hat ihn oft genannt.

Martin.

Ich bin's, Dein Martin, kennst Du mich nicht wieder?

Adelheid.

Du bist es nicht, Du hast nur seine Stimme. Der ist es aber, (zu Mar) so schön, als er mich einst verlassen.

Martin.

Das ist Dein Sohn, o komme zu Dir, und erkenne Deine Lieben!

Adelheid.

Hab' ich nicht hier mein Kind in den Armen? O Herr, nur einen Strahl des Lichtes sende jetzt mir wieder; — doch immer dunkler wird es mir im Kopfe, Nacht wird es mir vor den Augen; muß ich denn sterben? o laß mich leben, leben jetzt mit meinem Kinde!

(Sinkt ohnmächtig nieder.)

Mar.

O helft! die Freude hat sie getödtet!

Martin,

(welcher vor ihr knieet).

Sie kömmt zu sich.

Lenchen,

(welche sich mit ihr beschäftigt).

Sie schlägt die Augen auf, Gott sei gedankt!

Adelheid.

Wo bin ich? —

Martin.

Im Kreise Deiner Lieben.

Adelheid.

O, jetzt erkenn' ich Dich, — Licht ist es wieder mir geworden, und leicht ist mir das Herz. Ich bin bei Euch, kommt alle in meine Arme. Auch Dich, Du gute Frau erkenne ich, — einmal hab' ich Dich schon geseh'n.

Lenchen.

Es war an meinem Verlobungstag, da habt Ihr mich gesegnet.

Adelheid.

O, die Wege Gottes sind unerforschlich; so nah war ich dem Sohne, und durfte ihn nicht finden! Doch waren nicht einst Deine Abschiedsworte Martin: „bei dem Bilde der heiligen Jungfrau sehen wir uns wieder." Du hast treulich Wort gehalten.

Max.

Nun aber laßt uns alle in meine Heimath eilen, die auch die Euere, liebe Eltern wird.

Martin.

Ja, in Deinem Familienkreise, bei unsern Enkeln, laß, Adelheid, uns ausruhen, von den Stürmen unseres Lebens, — dort erblüht uns ein neues Leben.

Adelheid.

Mit Dank erfüllt, verlassen wir den Gnadenort,
Zieh'n froh beglückt, in eine neue Heimath fort;
Möcht' Jeder, der da kommt vom Unglück schwer beladen,
Von hinnen zieh'n, wie wir, so reich beglückt an Gnaden.

(Unter passender Gruppe fällt der Vorhang.)

Ende.